永松真紀 著　　王蘊潔 譯

我的老公是非洲戰士

馬賽最大的儀式「威諾德」的場景之一

年輕人有著純真眼神和與生俱來的燦爛笑容

傑克森勉為其難地答應拍第一張雙人照

用珠飾裝扮自己的少女

出嫁隊伍。新娘絕對不能回頭

對馬賽來說，牛是最寶貴的財產

如今，在熱帶稀樹草原，手機成為必需品

大太太安歌依和她的孩子

CONTENTS

衣索比亞
ETHIOPIA
蘇丹
SUDAN
圖爾卡納湖
（Lake Turkana）
烏干達
UGANDA
索馬利亞
SOMALI
肯亞
KENYA
艾利根山
（Mount Elgon）
基蘇木（Kisumu）
肯亞山
赤道
納庫魯
（Nakuru）
納庫魯湖國家公園
維多利亞湖
奈瓦夏湖（Lake Naivasha）
奈洛比
埃內波爾克魯姆村
馬賽
生活區
安伯色利國家公園
（Amboseli National Park）
吉力馬札羅山（Kilima-Njaro）
馬賽・馬拉
國家保護區
（Masai Mara
National Reserve）
蒙巴薩（Mombasa）
印度洋
桑吉巴島（Zanzibar）
坦桑尼亞
Tanzania

前言

肯亞共和國位在赤道旁的非洲東海岸，我在這個從日本搭機要整整一天的遙遠國度生活將近十年。

這十年期間，曾經發生過很多事。從戀愛、結婚到離婚，目前，我是在肯亞維持最傳統生活的馬賽戰士的二太太，在首都奈洛比和丈夫傑克森（年齡約莫為三十歲）所居住的肯亞西部小村莊埃內波爾克魯姆村往返生活的同時，持續著飛往世界各地的導遊工作。

無論身為日本人，或身為肯亞人，還是身為馬賽族人的媳婦，都很難以想像可以把這種非尋常的生活變成日常生活。然而，這是對我而言最自然的生活方式。

我的工作和婚姻生活也因此過得十分充實，在至今為止的生活中，眼前的日子最沒有壓力，最符合我的個性。我由衷地感謝馬賽族的家人能夠接受這種方式的婚姻生活。

第一次到肯亞旅行時，我作夢都沒有想到，以後將長期居住在距離日本這麼遙遠的土地上。我和普通的遊客一樣，參加了狩獵旅行團，對非洲的大自然感動不已，覺得「這個國家好美」，照理說，應該就此感到滿足。

然而，我發現自己在不知不覺中多次造訪肯亞，停留的時間也越來越長。因為導遊工作的關係，我曾經造訪過很多國家，為什麼對肯亞情有獨鍾？難道不想住其他地方嗎？很多人都問我：「妳為什麼選擇肯亞？」老實說，連我自己也不知道明確的理由。

如果非要我說出肯亞深深吸引我的魅力之一，應該就是宜人的氣候吧。

不瞭解肯亞的朋友經常問我：「那裡一定熱得受不了吧？」我生活重心所在的首都奈洛比位在海拔高達一千七百公尺的高地，因此，雖然位在赤道附近，年平均氣溫在十八度左右，舒適的氣候和日本的春天或秋天很像，即使天氣再熱，氣溫也不會超過三十度。我向來怕熱，所以覺得那裡很適合我居住。

而且，那裡的夏天不像日本這麼濕氣嚴重，即使陽光很烈，空氣也很乾燥，吹來的風卻很舒服，不愉快指數幾乎等於零。這或許是我愛上肯亞最大的理由，但沒有人相信我只因為這個理由定居在肯亞，也無法接受這種說法……。

我丈夫居住的肯亞西部高原上的馬賽．馬拉國家保護區是熱帶稀樹草原，一整年都很少下雨，有很多野生動物自由自在地在那裡生活。可以說，是馬賽族人和野生動物共生的稀有場所。許多人深受這片大自然的吸引，情不自禁地一次又一次造訪。

我也深深愛上了非洲的這份魅力。

隨著造訪次數越來越頻繁，居住期間越來越久，我發現了肯亞的優點和缺點。雖然有很多令人欣喜的邂逅和新鮮事，但不愉快的回憶也越來越多。

如今，我已經瞭解肯亞的表面和真實的一面，所以，在喜歡肯亞的同時，也很討厭這個國家。即使如此，我仍然不願離開肯亞，絕對是因為肯亞對我具有特殊的吸引力。現在因為在這裡結了婚，對我來說，肯亞不再是和我無關的國家，而是和我的祖國一樣，變成一個在情感上「剪不斷，理還亂」的國家。

為什麼我一個日本人會嫁給馬賽族人？而且，不是當大太太，而是當二太太？

當我決定要結婚時，很多人都驚訝不已，也有很多人感到不解，甚至有人大力反對說：「如果妳是嫁給受過教育的馬賽族人也就罷了，沒想到妳是嫁給馬賽族的戰士，簡直難以置信，妳瘋了。」由此可見，我們的生活和馬賽族的生活有多麼大的差異，如果只是談戀愛也就算了，很多人難以想像一個日本女人會嫁給馬賽族人。

因為我在肯亞住了相當長一段時間，對馬賽族的傳統文化和生活習慣有一定程度的瞭解。雖然對一夫多妻制沒有偏見，但一直以為是和自己毫無關係的事。正因為這樣，第一眼見到我丈夫時，就深受他的吸引，卻沒有把他視為戀愛對象，更遑論結婚。

而且，在考慮結婚這個問題時，還有一個很大的障礙，就是很難同時兼顧工作。對我來說，導遊工作是我生命的意義，我從來沒有想過因為結婚而辭職。如果要和尊重傳統的馬賽族人共同邁向往後的人生，婚姻生活是一個很大的問題。

我為什麼會成為重視傳統的馬賽族人的二太太？而且，為什麼可以繼續工作？最重要的是，我為什麼再度回到曾經厭倦的肯亞，決定要一輩子和肯亞共處？我將在本書中和大家分享所有這些問題的點點滴滴。

第1章

來到肯亞的日子

偶然聽到的〈風中的獅子〉

我在一九八九年五月第一次踏上非洲大地。前一年，才在導遊派遣公司登記，正式開始導遊工作的我當時才二十一歲。

如今，我認為導遊工作是我的天職。我小時候喜歡出鋒頭，積極參加老家福岡舉辦的猜謎節目和大聲公比賽這些觀眾可以報名的比賽預賽和選秀會。我的目標就是「上電視」，即使無緣當藝人，也希望可以成為搞笑藝人。

我爸媽也很愛表現，愛管閒事，喜歡做媒，他們促成的夫妻超過二十對。所以，我們家無論大人、小孩都覺得引人注目是最大的快樂。

我曾經和喜歡出鋒頭的父母參加過兩次猜謎節目，其中，我讀高二那一年參加的節目還得了冠軍，獲得了瑞士九日遊的獎品，成為我放眼世界的重大契機。高中正值多愁善感的時期，第一次國外旅行時的所見所聞令我感到新鮮，最高興的是別人聽得懂我說的英語，感覺世界就在自己身邊。

當時還沒有想到以後要選擇可以在國外工作的職業，只是希望有朝一日還有機會出國玩。因為，當時我還沒有完全放棄上電視的夢想，還因為學校就在攝影棚附近就讀了京都的一所短期大學，充滿了許多夢想。

短大的兩年時間太短了，一眨眼就結束了。在必須認真考慮未來出路的一年級冬天，偶然在電視上聽到了佐田雅志唱的〈風中的獅子〉這首歌。

這首歌的歌詞寫的是一名男子參加國際醫療隊去非洲肯亞工作，把戀人留在日本。他深受非洲大自然和病人美麗的雙眼所吸引，在那裡度過了三年的歲月。有一天，這位年輕醫師收到了女朋友的信，說她要結婚了。他在肯亞回信給她——回信內容就是這首歌的歌詞，其中對非洲的描寫令人心曠神怡，讓人忍不住正襟危坐地聽得出了神。

「維多利亞湖的朝霞

當一百萬隻天鵝同時起飛時，昏暗的天空

吉力馬札羅山的白雪，草原上大象的身影

我希望自己是站在風中的獅子」

從歌詞的意境所想像的非洲實在太美麗而充滿神秘，情不自禁地想像自己迎著風，站在非洲熱帶草原的身影。我好想去非洲。回想起來，這是我和非洲最初的邂逅。

但我缺乏足夠的知識和經驗，無法思考怎樣才能去，什麼時候去非洲這些具體的問題，只有在內心滿懷憧憬。

短大二年級的春天，我終於下定決心，與其為未來的出路煩惱，還不如先去國外旅行一次，多看看世界，於是，就計畫了一次單獨旅行。我利用春假的一個月，去了包括第一次出國旅行時曾經去過的瑞士在內的歐洲六國（荷蘭、比利時、法國、西班牙、義大利和瑞士）。

我很想造訪嚮往的非洲大地，但畢竟是第一次單獨去國外旅行，不敢太貪心，預算也不充足。事實上，旅費是我父母直接把原本要為我買成人式和服的祝賀金，以及我為了旅行打工存的錢湊起來的，因此，是一趟住宿費和餐費都必須省吃儉用的窮酸旅行。

我沒有絲毫的不安。歐洲是讓我發現日本以外的世界的啟蒙地，或許是因為我的內心對可以再度踏上歐洲這片土地充滿喜悅和期待。當時，Diamond Big出版社針對背包客所出版的《地球趴趴走》系列的旅遊書很受歡迎，背上背包就出國旅行的自助旅行者大增也令我感到安心。

如我原本所預料的，這一個月的旅行成為巨大的轉機，我終於找到了「我要以旅行為業」的目標。

實際開始找工作時，雖然旅行社有招募員工，但幾乎沒有招導遊，每家旅行社都只招負責櫃檯業務的辦公人員，很少有導遊的工作。

這不是我想要的工作，我只想做可以出國的導遊。

我知道自己最不擅長的就是文書處理工作，所以，最後決定不急著找工作，可以一邊打工，一邊慢慢找，也可以利用打工度假（working holiday）學好英語。因為我覺得為自己鍍點金，應該有助於找到導遊工作。

剛好在這個時候，我聽說老家福岡成立了一家專門向旅行社派遣導遊的公司。

我很幸運。因為當時是泡沫經濟的全盛時期，去國外旅行的國人逐年增加，導遊派遣公司也如雨後春筍般出現。而且，只要願意接，工作機會也很豐富，這更激發了我的幹勁。我至今仍然是那家公司的員工，可見這種雇用型態真的完全符合我的要求。

正式展開導遊工作後，每天都過得十分充實。導遊的地點也從日本國內拓展到東南亞、夏威夷、歐洲等海外各地，一年的時間在轉眼之間就過去了。但即使我十分熱中投入工作，仍然會情不自禁地反省，覺得自己的工作完成度和成就度仍然不如人意，光是應付每天的行程就已經讓我疲於奔命。

這時，我終於發現「要讓客人真正樂在其中，我自己必須瞭解這個國家」這個道理。於是，我請了一個月的長假，再度出發到歐洲展開了一場學習之旅。同時，決定在這次歐洲之行中，抽出十天時間，從倫敦買機票到一直嚮往的肯亞。

距離我聽到〈風中的獅子〉已經有兩年的歲月。

二十一歲，初次來到肯亞

肯亞的大門喬莫．肯雅塔（Jomo Kenyatta）國際機場和歐洲的國際機場相比，絕對稱不上是一個漂亮的地方，或許因為電力不夠的關係，整體感覺很黑暗，而且，機場所見到的幾乎都是黑人。這些理所當然的事實讓我切身感覺到「啊，這裡是非洲」。

我排隊等候入境檢查時，發現入境官坐在有差不多兩公尺高的地方，盛氣凌人的態度令人害怕，我戰戰兢兢地遞上護照，對方默不作聲地蓋章，又漠無表情地丟了回來。好可怕的地方。

走出機場大廳的那一剎那，看到頭上的萬里晴空，感受到迎面吹來涼爽的風，覺得這裡是可怕地方的第一印象頓時煙消雲散了。啊，我終於來到夢寐以求的非洲。我來到了那首歌中唱到的舞台。光是這樣，就令我感到心滿意足。

為了親眼看到成為我造訪肯亞契機的〈風中的獅子〉所唱的風景，我報名參加了可以看到「吉力馬札羅山的白雪」和「草原上大象的身影」的安伯色利國家公園的「草原露營行程」，以及「一百萬隻天鵝同時起飛」的納庫魯湖一天遊行程，所看到的風景和吹過遼闊草原的風，都帶給我超乎想像的感動。

然而，遇到強盜這件事更令我印象深刻，這件事抹殺了我對非洲草原的所有感動。

肯亞之旅只剩下三天。我悠閒地在街上閒逛，想買一些土特產當作禮品，一位自稱是奈洛比大學醫學系學生的年輕人向我搭訕。他邀我：「我可以帶妳參觀奈洛比」，我毫不起疑地答應和他同行就是錯誤的開始。由於他太熱心了，我根本難以啟齒說：「這樣就夠了。」當我回過神時，發現他已經把我帶離市中心，來到一個人煙稀少的地方。

「借我看一下妳的照相機。」

那時候，我肩上掛著一台大型單眼相機。他想要我幫他拍照嗎？我還毫無警覺地這麼想著，幫他拍了一張照片。

「那可以請你也幫我拍一張嗎？」

我把相機交給他，他很厚臉皮地問我：

「這台相機要多少錢？可以賣給我嗎？」

「這是我爸爸送我的，我不能賣給別人，而且，我也不知道價格。」

這時，我才感覺不對勁，開始產生警覺時，前一刻還是溫柔體貼紳士的年輕人漸漸目露凶光，他的態度變化太不尋常了。即使我要求他：「還給我。」他也完全無意還我。慘了。我用盡力氣把相機搶了回來，但他開始搶我放了貴重物品的腰袋。

「你想幹嘛!?」

然後，我們開始你推我拉地打了起來，我努力守住了我的腰袋，但如果對方真的展開攻勢，我的體力絕對不是他的對手，如果不趕快逃離這裡，恐怕會有危險。

雖然我這麼想，但回市中心的路被他擋住了，而且，他站在坡道上方。無奈之下，我只好一口氣衝下和市中心相反方向的坡道。這應該是我這輩子跑得最快的一次，我跌跌撞撞地全速奔跑，心想「跑到大腿爆裂應該就是這種感覺吧」。

我跑不動了。這時，剛好有一對肯亞情侶開車經過。

「有強盜在追我！」

或許他們察覺到情況緊急，立刻讓我上了車，好心地把我送到了人來人往的市中心。

回想起來，那真的是一次很可怕的經驗，搞不好會被搶走所有的錢財，我恐怕也難毫髮無傷。或許是因為有了這次慘痛的經驗，我忍不住想「我不能就這樣認輸」「我絕對還要再來！」有些人遇到可怕的經驗後，或許會覺得「我再也不想來了」，但以我的個性，這種情況反而會讓我進入戰鬥模式。可能是受到危險味道的吸引吧。當然，如果察覺危險，卻缺乏躲避危險的能力，就無法對這種緊張感覺樂在其中。

冷靜地思考後，就發現其實我對熱情地向我打招呼「將波（妳好），將波」的肯亞人感到親切，對每個人都微笑以對這種行為也有很大的問題。那對搭救我的情侶告誡我說：「經常聽到這種事，妳千萬不能輕易相信別人。」我打電話告訴父母我遇到了強盜，他們非但沒有擔心我，還罵我：「太不小心了！」

之後，我就隨時提高警覺，走路的時候也眉頭緊鎖。以結論來說，這起事件也提供了一個契機，讓我回想起旅遊的初衷。

如果只是去草原旅行，一定會因此感到滿足，再也不會來肯亞，這次的可怕經驗讓我對非洲留下了更強烈的印象。

遇見一名日本女子

兩年後的一九九一年，我第二次造訪肯亞。當時，我的導遊工作已經步入軌道，每天都繞著地球跑。

那一年年初，以美軍為主的聯合部隊攻擊了突然侵略科威特的海珊政權統治下的伊拉克——爆發波斯灣戰爭。民眾因為對世界情勢感到不安，出國旅行的人轉眼之間驟減，旅行業受到很大的衝擊。旅行團相繼取消行程，我幾乎接不到工作。

遇到大環境的不景氣，即使我再怎麼掙扎也無濟於事，還不如利用這個機會去做一些之前沒有時間做的事。我進入一所有合宿設施的汽車學校學開車，但在我考取駕照，進入二月後，戰爭仍然沒有結束的跡象。即使戰爭結束，旅行人數達到原來的水準也需要一段時間。不甘寂寞的我決定展開一次為期兩個月的長期旅行。

我的目的地是非洲。我要再去肯亞報一箭之仇。

回想起來，我還沒有去非洲唯一有野生動物生息的馬賽・馬拉。我想去之前造訪安伯色利國家公園時看到的坦尚尼亞的吉力馬札羅山，也想去堪稱世界三大瀑布之一的辛巴威的維多利亞湖，更想去南非的喜望峰。

只要有兩個月的時間，就可以走遍非洲主要的觀光地。而且，我還想去看看上次參加草原之旅時認識的迦納（Republic of Ghana）人讚不絕口的「非洲中的非洲」迦納。

住在老家福岡的弟弟偶然認識了在八幡的**JICA**（國際合作組織）進修中心進修的迦納人醫師，並介紹給我認識。這件事也成為我再度造訪非洲的動力之一。

第二次的非洲之行完全是觀光模式，在吉力馬札羅山上體驗了人生中最痛苦的長途跋涉。雖然辛苦的旅程讓我根本沒有餘力欣賞美麗的風景，但眼下的大自然太美了，我對自己可以爬上山頂感到心滿意足。

在來到期待已久的迦納，市場內擠滿的人潮和街上傳來很有節奏感的非洲音樂，比肯亞更讓我有「身在非洲」的感覺。但或許是因為基本設施的設備還不夠完善，電力不足的關係，整個城市總是很暗。如果說，這就是「非洲中的非洲」，讓人忍不住覺得非洲真是一個可怕的地方。不過，在迦納的寄宿生活讓我體會了前所未有，而且十分寶貴的非洲經驗。

然而，肯亞再度讓我受到的衝擊有過之而無不及。我遇到了一位生活在奈洛比的日本女子。她叫早川千晶，目前是自由撰稿人，在日本的報章雜誌上介紹有關非洲的文化和生活，同時，協助建造和經營奈洛比最大的貧民窟基貝拉（Kibera）的學校，推動促進貧民窟居民生活品質的計畫、資源回收運動、大自然體驗之旅，舉辦協助馬賽族團體環保之旅，並在日本各地展開演講活動及企畫各種活動。

我認識千晶小姐時，她在日本人經營的當地旅行社工作。

「妳好，有什麼需要幫忙的嗎？」

我去這家旅行社買機票時，坐在櫃檯的千晶小姐親切地招呼我。在等候時，看到她俐落地詢問上門的日本遊客需要辦理的事宜，指示肯亞籍工作人員的樣子，令人賞心悅目，不禁覺得她「很可靠」「工作能力很強」。

「妳接下來打算去哪裡？這裡很有趣喔，有沒有考慮去哪裡看看呢？」

她很親切地向我介紹，對非洲旅行的情況不太瞭解的我可以輕鬆地向她請教，她也熱情地提供我各種意見，毫不吝嗇地和我分享各種資訊。

「外國人購買機票時必須付美金，妳沒問題嗎？如果美金不夠，這棟大樓內有銀行，妳可以去那裡換錢。」

我身上剛好沒有美金，於是立刻去千晶小姐告訴我的那家銀行，但那家銀行的行員卻告訴我，只能換肯亞當地的貨幣，我還來不及解釋，行員就把肯亞幣遞給我。我不知所措，只好先回去找千晶小姐。

「太過份了！明明可以換美金！」

她聽我說完來龍去脈後，氣勢洶洶地衝到銀行，對剛才那個銀行員大聲咆哮。那個銀行行員可能被她的氣勢嚇到了，急急忙忙拿了美金出來。

「真是絲毫不能大意。」

她似乎早已經習慣這種狀況，我從她的態度中學到，在這個國家，必須堅持自己的想法。因為曾經有過這麼一段經歷，所以，在那之後，我也經常和她聊天。

最令我驚訝的是，她和我相差一歲，才二十四歲，已經結婚，老公是肯亞人，還有一個一歲的女兒，目前在肯亞安居樂業。她在亞洲、歐洲和非洲流浪了三年，最後終於在肯亞的奈洛比定居，整個人十分耀眼。

「原來肯亞有這樣的日本女子。」

每次見到她，每次和她聊天，就對生活在肯亞的她充滿好奇，回國後，我們繼續通信。我也透過她認識了住在肯亞的日本人和肯亞人，從那個時候開始，肯亞對我來說，已經從「身為觀光客造訪的國家」變成了「有朋友在那裡的國家」。

從觀光客變成生活者

那時候，我正和一個心儀的馬來西亞男子交往不久。他是我帶團去馬來西亞時認識的當地導遊，不僅很會說日文，也很擅長聊天，很能夠吸引團體的遊客，身為同行，我也很尊敬他。

現在回想起來，發現自己根本不知道他對我的感情到底有幾分，但我是真心愛他。我除了工作以外，也經常去馬來西亞，漸漸覺得「住在這裡也不錯」。

有一天，我去他家時，發現了一根長頭髮！當時，我是一頭超短髮，根本不可能有這麼長的頭髮……。這簡直就像是連續劇的情節。原來，他生活中有和他關係這麼密切的女人……。

如果是現在的我，一定會向他問清楚，對他生氣，把他大罵一頓。然而，那時候我不敢問他，只覺得「都是我自作多情，我以為他之前是在向我告白，原來是我誤會了」，然後默默地離開。

馬來西亞對我來說是一個充滿魅力的國家，即使失戀後，我仍然想繼續留在那裡，也打算讀那裡的語言學校，所以，我想先去旅行，調適自己的心情。況且，如果日後要住在馬來西亞，就不太有機會去非洲。既然這樣，我就要再去一次肯亞。

一九九三年一月，相隔兩年，我第三度造訪肯亞。

因為一開始有朋友同行，我和她一起在馬賽．馬拉和海岸地區等觀光地區住了一個星期，但朋友回國後，我的計畫完全空白。

之後要怎麼辦？也許這樣晃一、兩個月也不錯。肯亞充滿了這樣的氣氛。旅行者之間稱停留在某一個地方的旅客為「淪陷幫」，奈洛比有很多淪陷幫的遊客，整天享受無所事事的日常生活。

東非首屈一指的都市奈洛比有來自肯亞國內和鄰近國家的人和物資。除了市區各地的市場以外，還有現代化的大型超市、門面很小的商店，販售各式各樣的食材、日用品，和街上以一個、一根為單位販賣的香菸和糖果的零售攤，以及拉客人參加草原旅行的草原男孩，穿紅戴綠的色情女郎，還有不停在街上穿梭的叫客小型巴士「瑪塔多」。大都市奈洛比有著完全不同於大自然草原的另一面，整個城市充滿活力，光是身處那個環境，就會感到精神振奮，每天都有新發現，也可以近距離觀察非洲的生活，充滿刺激。

以餐廳來說，有提供以羊肉為主的肯亞式烤肉「娘瑪巧瑪」，有將牛肉和馬鈴薯、胡蘿蔔等蔬菜放在以番茄為主的湯頭燉煮的「卡朗嘎」，還有用玉米粉做的主食「烏嘎利」，用油炒帶有苦味的蔬菜「斯苦瑪」等當地美食，除了肯亞民眾出入的本地餐廳以外，還可以吃到鄰國的衣索比亞料理、索馬利亞料理，還有義大利料理、中華料理、泰國料理、韓國料理，甚至還有日本餐廳和居酒屋，世界各地的料理應有盡有，簡直難以想像這就是以「飢餓」聞名的非洲。飢餓當然也是確實存在的問題，但在大城市，卻可以品嘗到各式各樣的料理。

在年輕人歡聚一堂的迪斯可，還可以看到肢體殘障朋友和大家一起歡樂共舞，他們的活力令人發自內心地感到驚訝。無論聚集在當地酒吧的可疑人物，還是在高級酒吧聊天的生意人，都是奈洛比所呈現的一面，無論去哪裡，都不會感到厭倦。

回飯店的途中，我暗自計畫可以悠閒地在魅力十足的奈洛比住一陣子，沒想到一踏進飯店，就看到蟑螂大舉入侵。我打電話給千晶小姐工作的那家旅行社，說不想繼續住在這家飯店，沒想到他們公司有一個同事剛好搬家，有一間公寓正在招租。

既然要長期居住，租公寓絕對比較便宜。而且，聽說在奈洛比租房子是一件極其困難的事，所以，我慶幸自己真的很幸運。

我毫不猶豫地立刻辦理了租屋手續，把生活據點從飯店轉移到公寓。這或許是讓我的旅行型態從「觀光客」變成「生活者」的一個重要的契機。

「妳既然打算在奈洛比住一陣子，要不要在我們公司打工？」

千晶小姐為我介紹工作，也成為我在肯亞長期居住的理由之一。日本的導遊工作是登錄制，最大的優點就是可以根據自己的時間自由選擇工作，但如果不接工作，收入當然會減少。因此，這份打工的工作無論對我繼續旅行和維持生計都十分重要。

不過，事務工作還是不符合我的個性，短短兩個月，我就宣告投降了。即使如此，我仍然不願離開肯亞，原本只打算住一、兩個月，結果大幅延期，在資金見底的第八個月，才終於回到日本。

到底是什麼讓我如此深受吸引？詳細的情況留到後文介紹，在我滯留肯亞期間，比我小七歲的妹妹來找我玩，她也深深愛上了肯亞的生活，我們相互約定：「明年還要再去肯亞」。

之後，我再度從事導遊工作，在專心工作的同時，夢想著可以到肯亞度假。

找到屬於自己的地方

回來後不久，我在帶團去巴黎時，愛上了一個從小在法國長大的喀麥隆（Cameroon）人，也許是因為在肯亞的生活留下了美好的回憶，所以對非洲人難以忘懷。

我對任何事都很容易一頭栽進去，在戀愛方面也不例外。才交往不久，我就開始認真考慮和他結婚的問題。

不久之後，他正式向我求婚，我們決定翌年在巴黎結婚。

即使如此，我仍然無法喜歡巴黎這個城市。我原本就對巴黎沒有嚮往，也覺得巴黎的生活不符合我的風格。巴黎沒有肯亞的那種興奮，我經常冷靜地思考，就這樣結婚，住在這裡真的好嗎？

但是，走到那個地步，已經沒有退路了。既然這樣，那麼我要在結婚前，再度前往我喜歡的肯亞。況且，我和妹妹之間還有約定，我也希望非洲之旅可以成為告別單身生活的最後一個節目。

一九九四年六月，我和妹妹一起再度造訪肯亞。為了留下豐富的回憶，除了肯亞以外，我們還去了埃及、馬達加斯加等國家。

我們整整玩了五個月，十一月出發前往巴黎時，還要繼續留在肯亞一陣子的妹妹、千晶小姐，以及在肯亞結識的朋友都來為我送行。

「真紀，妳真的要嫁去巴黎了嗎？」

「感覺很不像妳的作風。」

肯亞和法國的感覺簡直有著天壤之別，或許是無法想像習慣肯亞生活的我要如何在巴黎過日子，大家都覺得我好像在開玩笑，在機場歡呼為我送行。

就連我自己也難以想像日後將在巴黎展開的生活，離開肯亞時，想到會有相當長一段時間無法來肯亞，就覺得依依不捨。

當我到達巴黎的戴高樂機場時，翹首盼望我的未婚夫應該來機場接機，我卻找不到他的人影。發生什麼事了？我不安地打電話到他家，一個女人接了電話，而且，在她說話時，還傳來像是新生兒的哭聲。這實在太奇怪了。

我之前打電話去他家時，就經常是這個女人接電話，他說是他的妹妹，我很久之前，就懷疑他們的關係不單純，這也是我遲遲不想來巴黎的原因之一。

「妳是他的妹妹，還是他太太？」

當時，我已經學會幾句法文，可以向她打聽這件事。她明確地告訴我，她是他的妻子。

「那是小嬰兒的哭聲吧？是誰的孩子？」

「當然是我和他的孩子。」

我忍不住掛上電話，整個人都呆住了。這時，他終於出現，跑到我的身旁。

「這到底是怎麼一回事？」

我逼問他，他手足無措地回答說：

「那個女人腦筋有問題，妳才是我的妻子。」

他的甜言蜜語聽起來很空虛，我逼問他真相，他才坦誠說，其實他們之間還有另一個孩子，在徹底分手之前，已經懷了第二個孩子。我知道他曾經結過婚，和前妻生了兩個孩子，卻第一次聽說這件事。

在已經租好新房子，準備和他展開新生活之際，突然看清真相，令我感到眼前發黑。然而，他卻說，不管是那個女人和剛出生的孩子都已經是過去式，他決定和我結婚時，那個女人已經懷孕了，所以，這也是無可奈何的事。他甚至說：

「妳為什麼這麼在意以前的事？我無意和她結婚，我和她的關係都是在認識妳之前的事。」

即使他這麼說，但那個女人至今仍然住在他家，而且，她也回答說，她是他的妻子，我無法照單全收他的解釋。他們並沒有徹底分手，我也不可能接受。

之後，我努力告訴自己，也許就像他說的那樣，一切都是過去的事，但還是無法就這麼說服自己。我們整天爭吵，我覺得這樣根本不可能結婚，於是，在巴黎住了一個月後，我暫時回到日本。

但我無意和他分手，所以，在工作的同時，持續和他交往。直到終於可以冷靜地接受事實時，他決定來日本向我的父母提親。

既然他這麼慎重，那就聽他的話，和他結婚吧。就和他一起去巴黎，在巴黎生活吧。我調整心情，決定這一次要在巴黎展開新生活。

令人悲哀的是，也許是我對女人的嗅覺特別靈敏，回到巴黎的當天，我就從他的抽屜中找到很多女人寫給他的信和照片，而且那些女人都是導遊。由此可見，他的異性關係多麼複雜，經常勾搭在工作上遇到的女人。

而且，我發現他還有一個日本女朋友。難怪他在日本時，曾經試圖和幾個女人聯絡，我覺得所有的拼圖都拼起來了。

「因為妳們屬於不同的類型，所以讓我難以取捨。我同時愛上了妳們，這也是沒辦法的事。」

他一副豁出去的態度。而且，對他來說，那不是偷腥，他對我們兩個女人都是真心的。

那時候，我真的不知如何是好，短短一個月暴瘦了十公斤，肝臟出了問題。四個月後，我認為應該先暫時分開一段時間而回到日本時，直接住進了醫院。

即使如此，我仍然沒有放棄結婚，其實是百分之百在逞強。我不想輸給他的另一個日本女朋友，也無法原諒他。我曾經找那個日本女人當面談了好幾次，「到底誰要離開他」，這個問題整整糾纏了兩年，讓我身心俱疲。

現在回想起來，那兩年都是在浪費時間，但當時卻覺得「我絕對不能原諒這種事」「要讓他知道，他做的事有多過份」「一定要教他心服口服」，為此，也不惜付出各種努力。那個時候，覺得結婚根本不是什麼重要的事。

然而，他拈花惹草的毛病並沒有因此收斂，另一個日本女人也絲毫沒有退出的意思。想到今後的生活，突然覺得自己和這種人計較實在很無聊，於是在某一天，我毅然決定退出。

回去肯亞吧。

一九九六年十月，不可思議的是，我的雙腳再度邁向肯亞。

在馬來西亞失戀時，我來到肯亞療傷；這次放棄結婚，我又來到肯亞。對我來說，肯亞不再是我造訪的土地，而是我的避風港。

肯亞的朋友熱情地迎接身心俱疲的我，而且，除了千晶小姐等日本朋友以外，就連肯亞的熟人也熱情地向我打招呼：

「真紀，好久不見！最近好嗎？」

肯亞果然是我的家。這裡實在太令人感到舒服了。雖然我在這裡只住了不到一年，但肯亞並沒有忘記我。

我要在肯亞生活，找回之前浪費的時間，我要完成這兩年中沒有做的事，完成至今為止沒有做過的事。

雖然走了一段彎路，但我終於找到了自己的歸宿。

第2章

發現真正的肯亞

深深吸引我的「瑪塔多」

早川千晶小姐的《非洲好天氣》（旅行人）中也詳細介紹了「瑪塔多」。我回到肯亞想做的事——就是希望更進一步瞭解肯亞現代都市文化的象徵「瑪塔多」。

「瑪塔多」是穿梭在奈洛比市區內的私人叫客迷你巴士的總稱，不光是交通工具而已，更是平民文化的一種象徵。世界各地有許多平民百姓常用的交通公具，但任何一個國家的交通工具應該都沒有像「瑪塔多」那麼花稍，而且有特殊的堅持。

「瑪塔多」的車體漆得大紅大綠，車內播放著雷鬼音樂或是非洲音樂，司機和瑪坎格（車掌）身穿走在流行尖端的服裝——「瑪塔多」簡直可以說是流行的發源地。

當然，其中也不乏根本不在意外表的大叔經營的「瑪塔多」，這種瑪塔多稱為「慕托巴」，那些時尚帥氣型的「瑪塔多」則稱為「曼扭車」，極受歡迎，有很多固定客人和年輕女粉絲。

我愛上的正是「曼扭車」。由於不時因為車速過快而翻車，也有很多小偷出沒，所以被視為危險的交通工具，日本大使館還警告「不可以搭乘瑪塔多」，但我從旅行者變成生活者的一九九三年後，開始搭乘費用比較便宜、便利性較高的「瑪塔多」。

奈洛比除了「瑪塔多」以外，還有民間公司經營的大巴士、個人經營的計程車等交通工具。大型巴士的載客量大，乘客上下車很花時間，車速也很緩慢。計程車不是採取跳錶制，必須事先和司機交涉價格，費用也很昂貴。因此，迅速靈活，可以隨時上下車的「瑪塔多」對在奈洛比生活的人而言，利用價值非常高。

而且，實際搭乘後發現，很多「瑪塔多」都跑固定的路線，等車的時間很短，只要告訴車掌下車地點，即使不是車站，也可以隨時停下來。車內大聲播放著很有節奏感的音樂，沿途感受著舒適的風。無論司機還是瑪坎格都很時髦，吸引乘客的目光，所以，「瑪塔多」比其他交通工具更加魅力十足。

咻、砰砰砰砰——瑪坎格用吹口哨和拍打車體通知司機要停車或是開車。「衣希里尼，衣希里尼，因吉阿，因吉阿（二十先令，二十先令〔約三十圓日幣〕，上車，上車）」——瑪坎格聲音響亮地叫客。叭喇叭喇叭——喇叭的聲音很獨特；咚咚咚嗄咔嗄咔——大音量的音樂連車外都可以聽到。「瑪塔多」的確發出了各種不同的聲音，熱熱鬧鬧地在奈洛比市區內穿梭。

在瑪塔多發車同時，瑪坎格開始起跑，在即將追不到車子時一躍上車的表演令人嘆為觀止。為了拉到更多乘客，司機時快時慢的車速和靠近車站的技巧也堪稱一絕。帥氣的曼扭車上絕對有帥氣的瑪坎格和司機，一舉一動都是乘客矚目的焦點。

曼扭車的瑪坎格會以引人注目的態度詢問乘客要前往的地點，巧妙地招徠乘客搭上自己的瑪塔多。安排座位也是瑪坎格展現手腕的地方，他們會優先為老年人、孕婦或是帶小孩的婦女安排座位，因為座位的安排對營業額也有很大的影響，所以在擠更多乘客的同時，才會避免造成乘客的不舒服。收錢時，瑪坎格會配合音樂的節奏，打著響指向乘客收錢。左手用收到的硬幣發出叮叮噹噹的聲音極富節奏感，讓人忍不住看得出了神。

在馬路上行駛時，司機在車陣內鑽來鑽去，超越別人的車。有時候，並肩行駛的「瑪塔多」還會相互叫囂著你追我趕。乘客提心吊膽，生怕會撞車的緊張感也是一種刺激和魅力。

原本只是因為需求而把瑪塔多當成一種交通工具搭乘，漸漸地，我深受瑪塔多魅力的吸引，有空的時候，甚至會在瑪塔多上坐一整天「玩樂」。

我最喜歡的路線是在住家和鬧區之間往返的四十六號瑪塔多。

有一天，因為車上人實在太多了，我無法下車，聽從瑪坎格「不如直接坐到終點看看」的建議，決定去終點，也就是奈洛比郊外的貧民窟地區卡旺格瓦雷看看。

那到底是什麼地方？好可怕。不光是日本人，就連外國人也幾乎沒有踏進那個地方，更讓我感到不安，卻也好奇十足。

或許是因為車上的乘客陸續下去，也可能是看到我不安的表情，瑪坎格不停地和我聊天。一打聽才發現，在這條路線的瑪塔多工作的人，幾乎都住在卡旺格瓦雷。由於那時候正值我對瑪塔多產生興趣的時期，所以，很希望親眼看看他們居住的地方。

經過人煙稀少的超高級住宅區拉賓頓後，突然來到一個街上人滿為患的地方。那裡就是瑪塔多的終點卡旺格瓦雷。

我戰戰兢兢地下了車，發現馬路上不僅人多，還有豬、雞、山羊和綿羊在逛大街，簡直將整條路擠得水洩不通。沿路有許多又便宜、又好吃的食物攤位，到處都飄著烤玉米和烤肉的煙。

這裡和市中心完全不同，讓我嚇了一大跳。街上洋溢著活力，好像廟會般熱鬧，令人興奮不已。原來肯亞還有這種地方，令我大開眼界。

這趟行程也成為我之後經常搭瑪塔多遊玩和造訪卡旺格瓦雷的契機。

之後，每當我搭上喜歡的曼扭車，就會連續坐好幾個小時的車，有時候興致一來，也會在卡旺格瓦雷下車，隨意地閒逛、吃東西。

我和在「瑪塔多」工作的人混得越來越熟，他們經常讓我免費搭車。對瑪塔多來說，有外國人坐他們的車，在乘客眼中，就是很受歡迎的上等曼扭車，具有很大的廣告效果。我對於自己能夠當假乘客，對他們的營業額有所貢獻也感到興奮不已，更覺得好像和他們變成了朋友。
除了瑪塔多本身的文化以外，瑪塔多周圍的人和他們的生活也深深吸引了我。不知不覺中，我完全深陷瑪塔多的世界，深深愛上了肯亞。

當瑪塔多老闆

之前決定結婚後，雖然曾經一度遠離肯亞，但在情場失意後回到這裡，發現「瑪塔多」依然在街頭狂飆，奈洛比依然活力十足。
之前結識的瑪塔多朋友、卡旺格瓦雷的居民依然如故，都親切地迎接我。
「真紀，妳又回來肯亞了。」
「日本怎麼樣？改天再來坐我的瑪塔多。」
我坐上久違的「瑪塔多」，像以前一樣在卡旺格瓦雷下車，漫無目的地逛路邊攤，或是逛逛日用品和食材的攤位時，都會聽到四處傳來招呼聲。
這裡果然讓我感到自在。聞著帶著土味的肯亞味道，或者說是這片土地的生活氣息，我再度感受到自己回到了這片土地。這次一定要在肯亞住個夠，我不想失去這麼快樂的生活。
比起解除婚約的打擊，我更強烈地感受到快樂的生活即將拉開序幕。

當我玩味著回到肯亞的安心感走在卡旺格瓦雷的街頭時，巧遇以前曾經相談甚歡的「瑪塔多」車掌彼得。

「咦？這不是真紀嗎？好久不見。」

在我喜歡的四十六號路線的瑪塔多中，他是數一數二的曼扭車的瑪坎格。他一如往常地穿著流行服飾，看起來帥氣無比。

「如果妳有時間，我們一起去吃飯吧。」

我們真的好久不見了，所以聊得不亦樂乎，彷彿要補回這兩年歲月的空白。

之後，我和彼得也三不五時見面，有時候坐他的瑪塔多，有時候相約一起吃飯。我們經常出雙入對，也成為卡旺格瓦雷的八卦話題。

回想起來，這是我第二次人生幻滅的開始。

雇用彼得的瑪塔多老闆娘的女兒對我們的這種關係感到不悅，她是老闆娘和白人父親生下的混血兒。這個雙十年華的妙齡女郎，氣質高雅，在卡旺格瓦雷一帶，大家都把她視為女王。

我這個日本人不僅頻繁出現在卡旺格瓦雷，引起眾人的矚目，而且還經常和她中意的彼得像情侶般出雙入對。這件事激發了她的嫉妒心，故意對我冷嘲熱諷，還在她母親面前搬弄是非。

有一天，彼得被老闆娘叫去。

「既然你和日本人交往，應該不缺錢。這裡有很多沒有錢想要找工作的人，所以，我要把工作機會讓給他們，你明天不用來上班了。」

彼得就這樣莫名其妙地突然遭到解雇。怎麼會有這種事？聽完彼得說完整件事的來龍去脈，我感到義憤填膺，忍不住大叫：

「既然這樣，那我來當瑪塔多的老闆！」

瑪塔多是我愛上肯亞、回到肯亞的契機，自己經營全心嚮往的瑪塔多似乎也不錯。也許，我回到肯亞的最大原因，除了繼續導遊工作以外，還希望成為瑪塔多的老闆。

那時候，我明確地意識到，彼得解雇事件或許成為一個契機，但在我愛上瑪塔多的那一刻開始，我就夢想可以成為瑪塔多的老闆。

為了正式經營瑪塔多，首先必須做相應的準備工作——調查管理路線的總管、瑪塔多老闆和司機、瑪坎格的關係，設立公司、登記，申請勞動許可，幾乎每天都在跑公家機關。

在肯亞的公家機關辦手續和日本不同，是一件很費時間的事，我耗費一整天是家常便飯。如果想要手續辦得稍微快一點，就需要付出相應的賄款。我希望能省則省，盡可能節省這些不必要的開支。

然而，對方每次都因為我是外國人而要求我支付比別人更昂貴的費用，向總管支付的保護費時，外國人和肯亞人的行情也有天壤之別。

於是，彼得除了擔任瑪坎格以外，我還請他擔任名義上的老闆，由他負責跑公家機關辦理手續，和總管交涉，並斡旋在瑪塔多上工作的司機和瑪坎格等經理工作。雖然無法大聲宣揚自己是第一個日本瑪塔多老闆有點遺憾，但考慮到費用問題，也只能接受了。

因為這個原因，我和彼得除了私生活的關係，更成為工作夥伴，彼此的交往也比以前更濃密、更深入。

在鞏固地盤到一定程度後，就開始準備車子。我在日本尋找可以便宜購買的中古車，用船運運到肯亞。沒想到辦理進口手續、支付關稅後，所耗費的金錢和時間都遠遠超乎想像。為了打造曼扭車，車輛的改造費用也是一筆不小的開支。如果要追求好上加好，花費將會是一個無底洞，但至少要維持最低限度的水準。

最後，總共花費了一百二十萬日圓。在耗盡了我所有的體力和財產，決定成為瑪塔多老闆的兩年後的一九九八年十一月，終於盼到了我的瑪塔多正式上路的日子。

那輛瑪塔多的名字叫「Sunsplash」。車體以金屬綠和黃色為基本色調，配上紅與黑的標誌，並畫了一個正在彈吉他的雷鬼大叔。雨刷也是三色，擋風玻璃和車牌上都裝了會閃爍著紅光和綠光的小燈泡，車內也塗成螢光色，車窗上貼了雷鬼之神巴布・馬利（Bob Marley）的貼紙，在裝飾上發揮了十足的創意。

即使如此，在實際招到乘客之前，還是會擔心「Sunsplash」是否能夠成為被奈洛比接受的曼扭車。

第一天終於來了。黎明前，我就和彼得在出發前一起檢查車子，來到起點的卡旺格瓦雷的總站。路上的行人或許發現了新瑪塔多，紛紛向「Sunsplash」行注目禮。

夢想終於實現了。

「Sunsplash」在朝霧中出發了，當我坐在副駕駛座上看著前方時，至今為止所經歷的辛苦和曾經想放棄的事都接二連三地在腦海中甦醒。這一路走來的確很漫長，歷經了千辛萬苦才走到這一步，但我很慶幸沒有中途放棄。

不知道是否因為感動落淚的關係，我覺得熟悉的風景都變得不一樣了，也許是因為我看到了卡旺格瓦雷成為我人生的新起點。

晚上九點，第一天上工的彼得回來了。從他驕傲地拿出一疊錢時，就知道開市大吉。我懷著激動的心情計畫著一天的油錢、司機和瑪坎格的日薪和午餐費等必要開支，發現利潤遠遠超過原本的預期。

太好了。我的瑪塔多曼扭車在第一天上路就交出了漂亮的成績單，我可以身為瑪塔多老闆住在肯亞，從今以後，我的肯亞將和以前完全不同。雖然不難想像以後會遇到很多麻煩事，但至少我實現了夢想。

這種充實感忍不住讓我感慨萬千。

越來越討厭這個國家

我的瑪塔多「Sunsplash」在奈洛比亮麗登場，但之後的經營絕對不是一帆風順。不幸的是，在「Sunsplash」上路的三週後，官方公佈了「瑪塔多只能維持單色」的規定。同時，警方開始大肆取締。他們居然說：「花稍的瑪塔多影響公共秩序，有礙觀瞻。」

「Sunsplash」不光使用的色彩很花稍，標誌和構圖也都很大膽，車身上裝了很多亮閃閃的東西，當然會成為首要取締目標。第一天就遭到檢舉。除了繳交罰款以外，重新漆色也是一筆很大的開銷。當初花了很多心血打造出這輛帥氣的曼扭車，沒想到都白費了。

我更無法原諒這個城市居然想要消除那麼魅力十足的平民文化瑪塔多，我更氣他們完全不瞭解瑪塔多的文化。

繼那項規定後，官方又公佈了取締瑪塔多放音樂的規定。大聲放音樂是曼扭車不可或缺的條件，但也被冠上影響公共秩序之罪遭到禁止。

在此之前，官方也曾經多次取締音樂，但只要風頭一過，許多曼扭車就再度開始放音樂，所以，這次官方展開了徹底的取締。

以雷鬼音樂為賣點的「Sunsplash」很快再度遭到檢舉，除了繳罰款以外，為了避免遭到停業，還不得不支付賄款。

然而，即使這樣，彼得也不願放棄播放音樂。他堅持說：「瑪塔多怎麼可以沒有音樂，而且，有沒有放音樂，營業額完全不一樣。」所以，之後也不願意拆下擴音喇叭，趁警察不注意的時候，偷偷放音樂。

警方為了假借取締之名，行索賄之實睜大了眼睛，便服警官經常假裝客人上車，即使彼得偷偷放音樂，也很快就會被逮到。而且，他們還會挑剔車門沒關就開車，或是在車站以外的地方讓客人上車，或是裝了太多客人等，要求我們支付賄款。

「你們想錢想瘋了嗎!?」我很想這麼大罵，但肯亞的公務員薪水很低，無論警官和公務員都只能靠收賄維持自己的生活。

雖然明知道很不合理，但還是害怕遭到停業，每次被逮到，就只好乖乖行賄，讓他們高抬貴手。一天至少會有兩次，有時候甚至要付五、六次賄款。我甚至覺得他們那段時間是因為有我，才能夠養家餬口。我真的讓他們賺了不少錢。

而且，從清晨五點到深夜一點在到處都是坑坑洞洞的馬路上行駛，車子很容易發生問題，幾乎每天都要花錢修理，還要付給總管保護費和向警方行賄，支出項目多得不勝枚舉，錢簡直就是左手進，右手出。最後，甚至搞不清楚到底有沒有賺錢。

和警方針對瑪塔多展開攻防之際，有一天，我們在卡旺格瓦雷的路邊攤喝甜奶茶「茶伊」時，一群手持棍棒和鞭子的公務員突然從卡車上跳了下來，他們毫無預警地毆打路上的行人，而且，還把那些行人強行拉上貨車，簡直就像在「抓壯丁」。

到底發生了什麼事？

我丈二金剛摸不著頭腦，只感到驚惶失措，和身旁的彼得抱在一起發抖。那些公務員走到我們身旁揮起鞭子。

啪！隨著一聲重擊，身上感受到一陣灼痛。

「幹嘛？為什麼要打我？」

或許聽到我用日語大叫的關係，那個人看了我一眼說：

「妳是慕茲古（外國人），所以就算了，不過，我們要帶他走。」

然後，就準備把彼得拉走。

「不要帶他走！我們根本沒有做什麼！」

我哭著尖叫，無論如何都不願意放開彼得。因為我一旦放手，他就會被帶走。

因為我拚命抵抗，他們終於放過我們轉身離去，但這件事對我造成的衝擊太大了，我茫然地望著貨車遠去，為他們的粗暴行為淚流不止。

事後才聽說，這是在取締沒有營業執照的小吃店和攤販。如果是這樣，只要檢舉無照營業的員工和老闆就好，為什麼不分青紅皂白地毆打完全無辜的路人和客人，還把他們抓走？他們完全沒有盤查詢問，對他們來說，這種事根本無關緊要。

這個國家到底是怎麼一回事？難道因為卡旺格瓦雷是貧民窟，所以那裡的居民毫無人權嗎？

我氣得火冒三丈，去日本大使館抗議。

「妳在肯亞住了這麼久，應該瞭解這個國家。所以，我們外國人不要去這種地方。」

對方這麼一句話就把我打發了。我和其他人聊起這件事，他們也都說：

「外國人根本無力改變這個國家所發生的事，雖然很氣惱、很遺憾，但也只能放棄。」

但是，我已經和肯亞的生活，尤其是和住在貧民窟的百姓生活有了密切的關係，無法視而不見。更何況他們曾經想要危害我的同伴彼得，我很想好好教訓那些缺乏職業道德的肯亞公務員。

然而，在肯亞，無論以前還是現在，任何事都是有權力的人說了算，弱勢的人只能忍氣吞聲。一旦被抓走，只能行賄官員，盡可能提前獲得釋放。如果拖到審判，很可能會因為一些莫須有的罪名，無法順利獲得釋放。

肯亞經常發生這種不可理喻的事。尤其在我開始經營瑪塔多後，發現公家機關和警察經常會上門找碴要求賄款，三不五時遭到檢舉更是家常便飯。

不知道彼得是否被盯上了，他有時候只是走在街上，也被質問：「你穿這麼漂亮的鞋子有問題，一定是偷來的」，被帶去警局。

每次看到肯亞這些現實問題，就越來越討厭這個國家。隨著我在這裡居住的日子越來越長，看到了旅行者絕對不會看到的肯亞陰暗部分。越是深入肯亞的生活，就越會看到討厭的部分，這令我陷入兩難的煩惱。

從那個時候開始，我感受到在這個國家生活的困難和經營事業所面臨的巨大障礙。

結婚，離婚

我討厭肯亞的理由——是有關於公於私都成為我另一半的彼得相關的許多事。

開始經營瑪塔多後，我和彼得的關係跨越了朋友的界線，成為更親密的關係。我認為這是很順理成章的事，我們有著成為瑪塔多老闆的共同夢想，也曾經同甘共苦，在不知不覺中認為對方是自己的人生伴侶而難捨難分。

然而，也許我的男人運真的很差，不久之後，就為彼得的女人問題吃盡了苦頭。彼得原本就是很引人注目的瑪坎格，他以前的老闆娘女兒和許多年輕女孩都是他的粉絲，因此，經常有女人主動向他示好，他的身邊從來不缺女人。而且，他有興趣的都是一些需要花錢的女人。

他以前的女朋友設計了仙人跳，說遭到他的強暴，還把他帶去事先收買的警察那裡。又有一次，有一個女人說懷了他的孩子，向他要求墮胎的費用。他接二連三地遇到需要支付賠償費或是保釋金才能和解的事。

我相信有不少人覺得「彼得的女朋友是外國人，他有的是錢」，所以，就連芝麻小事也盡量鬧大，才能夠獅子大開口。雖然那些女人的算計顯而易見，我也無意把所有責任都推在彼得頭上，但他的確引起了不少桃色糾紛。

「Sunsplash」上路後，當初擔任司機，和我們一起打拚過的彼得的好友阿里告訴我：

「妳知道彼得有固定的女人嗎？大家都知道，只有妳一個人被蒙在鼓裡。」

我再也無法保持平靜了。

照理說，阿里既然是彼得的好朋友，應該不會說對彼得不利的話，也不可能破壞我們的關係，但有一天，彼得和阿里因為一件小事激烈爭論起來，結果，阿里辭去了司機的工作。雖然是阿里自己逞一時之快辭了工作，但他反而恨彼得讓他丟了飯碗，所以，就經常在我面前說彼得的壞話。

肯亞人嫉妒心很強，見不得別人的成功，經常會有一些扯後腿的傳聞或是中傷。即使在職場中，為了擔心新人會搶走自己的工作，也會故意不指導新人工作，或是向上司說新人的壞話，讓新人遭到開除。

彼得之前會失去瑪坎格的工作，也是因為交了我這個外國女朋友的關係。當時，彼得是瑪塔多名義上的老闆，所以，就變成了卡旺格瓦雷的居民眼中嫉妒的對象。

正因為我瞭解這樣的背景，所以，我認定阿里說的事是基於嫉妒杜撰的，但因為彼得經常惹出桃色糾紛，我不得不懷疑也許確有其事。

我曾經因為巴黎的前未婚夫的女人關係痛苦不已，所以決定要調查清楚。於是，在經營瑪塔多之餘，還不時前往卡旺格瓦雷，多方打聽彼得的事。

然而，每個人告訴我的情況都不相同，完全搞不清楚什麼是真相，什麼是謊言。最後我雇用了私家偵探，委託他調查彼得的行為。沒想到偵探一味向我要錢，從來沒有向我提供像樣的報告。

肯亞人的嫉妒心強，但朋友意識也很強烈，絕對不會將真相告訴外人，尤其是像我這樣的外國人。我甚至覺得他們是否視為娛樂而樂在其中，每個人用不同的話讓我陷入混亂，他們卻在一旁看好戲。

既然這樣，不如我自己去確認。我曾經半夜三更闖入彼得家中，對他顧左右而言他的態度氣憤不已，發瘋似地大叫，順手拿東西丟他、打他的事也時常發生。

「難道在肯亞，我無法瞭解我想要知道的真相嗎？」

「任何人都不許靠近我，我希望這個世界上的肯亞人統統消失。」

「我痛恨肯亞的一切！」

我揮著棍子走在卡旺格瓦雷街頭，在別人眼中，一定覺得我瘋了。

肯亞的公家機關效率不彰；警察經常索賄；弱肉強食的不合理社會；充滿嫉妒的齷齪世界；彼得的桃色糾紛；卡旺格瓦雷人明明知道真相，卻不願意告訴我。難道肯亞人沒有道德和正義感嗎？還是因為我是外國人的關係？

正如大使館的人所說的，我不應該接近這個世界，然而，我已經無法離開了。我已經踏進去了，所以這一切不再與我無關，事到如今，我不能視而不見。

當時，我覺得肯亞人和我們一樣都是人，對善惡的標準應該相差無幾。我相信遵守約定、不說謊、借錢就會還這些事在世界各地都是公認的做人標準，所以，一定可以和他們心靈相通。

我不希望自己認為日本人和肯亞人是不同的人種。我努力讓他們理解我口中的正義，卻徒勞無功。

我越來越討厭肯亞——對我來說，那是我人生的最低潮。

這樣下去會發瘋，我和彼得之間的關係也會出問題。如果想繼續和他在一起，就不能留在肯亞。彼得固然不對，但這裡的環境也有問題。我必須擺脫這個環境……。

或許是因為內心開始焦躁，曾經是我夢寐以求的瑪塔多經營，也因為每天的這些瑣事讓我覺得疲於奔命。我和彼得在一九九九年十一月正式結婚，在二〇〇〇年二月決定回日本生活。

回國不久，彼得就經由我父親的介紹，去父親朋友的公司工作。但因為工作條件太嚴苛，父親辭世幾個月後他就辭職了。之後，他連續找了好幾份工作，半年之後，終於找到了英語老師的工作。那時候，他已經交到不少新朋友，也和住在福岡的美國人一起創立了大鼓的團體，無論工作和私生活方面都很充實。
剛開始時，彼得還很安份，但隨著他漸漸適應日本的生活，生活開始有了改變後，他就開始和各式各樣的女人交往過密。我因為導遊工作經常離家也是原因之一，當我追問時，他一開始否認，漸漸開始大言不慚。
「這就是我的血液，我的血液會吸引女人，並不是我的錯，是我的血液吸引了女人。」
他的藉口令我啞口無言。我已經受夠了肯亞人典型的言論，明明身在日本，卻透過他看到了肯亞。回到日本後，我還在繼續討厭肯亞。
這種事本來是夫妻之間的問題，但因為我們回福岡後住在娘家，和我媽媽一起生活，所以，很可能會把整個家庭都一起捲進來。由於我家人也和彼得關係很好，一旦發生桃色糾紛，我的家人一定會很難過。
而且，在肯亞，讓未婚的年輕女人懷孕並不是太大的禁忌，相反的，還可以證明自己的雄性能力，但在日本，情況就完全不一樣了。一旦發生這種事，我到底該怎麼幫他？在日本，我根本不可能為他收拾殘局。我不想讓我的家人和親戚擔心。
於是，我第一次考慮要和彼得分手。我不能給別人添麻煩，這並不是我可以獨自承受的問題，我們已經結婚了，我是他的保證人，這裡是日本。

我們從一九九六年開始交往後相處了五年，在之前經歷這麼多風風雨雨時，我們也沒有分開，但在那時刻，我很乾脆地決定要離婚。

冷靜思考後，我發現我和彼得相處沒有把握到正確的時機。

我們剛開始交往時，彼得很希望馬上結婚、生子。但那時候我剛和巴黎的未婚夫分手，回到肯亞成立了公司，下定決心要大幹一場，根本無意結婚，更何況生孩子。

結婚後，我們在二〇〇〇年回到日本，覺得終於可以生兒育女時，彼得開始無法滿足於家庭生活。彼得之前只知道卡旺格瓦雷的生活，來到日本，才第一次瞭解外面的世界，價值觀也發生了改變。

在卡旺格瓦雷只要有工作即使只是日雇的臨時工也無妨，再加上有妻子和兒女，這種平凡的生活就是幸福，他們不會奢求更多，也沒有更大的夢想，只要擁有小小的幸福，就會感到滿足。

然而，彼得來日本後找到工作，賺的錢和在肯亞時無法相提並論。雖然他對打鼓一竅不通，但只因為他是非洲人，就很受歡迎。每次受邀表演，短時間就可以賺很多錢。在日本只要身上有錢，有太多地方可以玩，也有很多東西想買，還有更多他最喜歡的汽車裝飾。

在這裡，他可以過著在卡旺格瓦雷時作夢都沒有想到的快樂生活，人生從現在才開始！他的夢想越來越大，覺得受家庭的束縛太可惜了。

當我發現這一點後，對離婚這件事毫無抵抗。一旦環境改變，生涯規劃也會改變。他在肯亞和我結婚時，我想要做很多事；當我想在日本安居樂業時，他又有了他的志向。而且，當初是我把彼得帶來這個新世界改變了他的價值觀，我無法一味指責他。

結婚短短一年後，我們在雙方同意下離了婚。

我們在他申請到結婚簽證後立刻離婚，所以，他可以繼續在日本停留三年的時間。我在肯亞還有未完成的事。雖然因為彼得的關係，我回到了日本，經營瑪塔多一事也半途而廢。現在，彼得已經定了下來也再婚了，對曾經造成我的痛苦深感歉意，但在當時，我不想留在有彼得的日本，決定再度回到肯亞。

想要傳達真相

二〇〇一年我回到肯亞，以奈洛比為據點持續導遊的工作。我當導遊十三年已經建立了一些口碑，即使在肯亞，也可以接到來自日本的工作。

其中，二〇〇〇年夏天，我接了山崎豐子女士創作的日本暢銷小說《不沉的太陽》的主人翁恩地元的創作原型，也就是前日本航空勞動工會委員長小倉寬太郎先生企畫和同行的旅行團的導遊工作，也成為我在肯亞奠定工作基礎的一個重要契機。

《不沉的太陽》中詳細描述了小倉先生在日本航空時，曾經被流放到喀拉蚩、德黑蘭和奈洛比等邊境地區，其中，曾經三度被派到奈洛比，在那裡度過了好幾年的時光。在此期間，他獲得了肯亞政府頒發的職業獵人的資格。肯亞在一九七七年後全面禁止捕獵，小倉先生成為第一個，也是最後一個日本籍的職業獵人。回到東京，他仍然和非洲保持著密切的關係，退休後，成為相當活躍的東非研究家和自然攝影家，對保護野生動物有很大的貢獻。

他的努力受到了肯定，一九九二年，肯亞政府任命他為「名譽野生動物保護管理官」，他是獲得此殊榮卻唯一不居住在肯亞的外國人。之後，烏干達政府任命他為「名譽野生動物保護管理官」，坦尚尼亞政府也任命他為「國立公園廳指名廳友」。

他對東非的歷史、地區文化、動物生態的造詣特別深，對曾經造訪數百次的國立公園和國立保護區的地理也知之甚詳。他曾經創作《土地嚮導．非洲野生動物》、《東非的鳥》、《活在大自然》等著作，還合著、合編了《我的非洲》和《無盡的草原》等著作。

參加小倉先生企畫的旅行的客人，和參加一般旅行社企畫的熱帶草原旅行團的觀光客有著天壤之別，他們有著強烈的問題意識，不斷向小倉先生發問，還向住在肯亞的我詳細詢問愛滋病問題、教育問題等肯亞社會和百姓生活的問題。

以前我負責導遊的旅行團只是去熱帶草原欣賞廣闊的大自然和動物，遊客有時候會問我有關動物生態的問題，但幾乎沒有人問我肯亞社會的問題。我經常對這種膚淺的熱帶草原旅行產生疑問，小倉先生的旅行團讓人很有成就感，也讓我受益匪淺。

這成為我導遊生涯中的重大轉機，在此之前，也發生了一件讓我重新思考導遊工作的重大事件。

一九九七年，我因為經營瑪塔多和彼得的女人問題，感受到肯亞令人討厭的那一面。有一天，一位住在肯亞的朋友家人從日本來到肯亞，我們一起吃飯。我問他們對熱帶沙漠之旅的感想。

「真的太棒了，肯亞真的是一個美麗的地方，有很多漂亮的山中小屋，也有很多動物，食物也很好吃，真是人間仙境。」

他們說出了和一般遊客相同的感想。在此之前，我都覺得這樣的感想很理所當然，也會附和著說：

「對吧？肯亞是一個很美的地方。」

然而，那天我突然覺得他們說的這番話很刺耳。

「肯亞有這麼好嗎？」

從日本來的觀光客當然不瞭解肯亞社會陰暗的一面，他們欣賞了熱帶草原，發自內心地認為這個國家很美。我只膚淺地介紹肯亞的表象，這樣真的好嗎？這根本不是真正的肯亞……。但是，我能夠對享受肯亞之旅，來這裡看動物的觀光客說：「肯亞這個國家很過份，犯罪和賄賂橫行，而且愛滋病蔓延，真的很可怕」這種話嗎？

我已經在不知不覺中，不再從觀光客的角度，而是從肯亞居民的角度認識事物。

我的工作是讓遊客盡情享受旅行的快樂，我可以逼迫遊客面對他們根本不想瞭解的真相嗎？另一方面，我可以繼續像現在這樣隱匿真相，面帶笑容地向大家介紹熱帶草原的魅力嗎？這樣對肯亞的觀光業真的好嗎？

他們的話震撼了我，在此之後，我仍然為此煩惱，為此天人交戰。

如果只是帶遊客參觀動物的膚淺導遊，任何人都可以做到。如果只要說什麼「大象真可愛」、「獅子很帥」就可以讓遊客心滿意足，天底下沒有比導遊工作更輕鬆的事。

照這樣下去，我早晚會感到厭倦。正因為我當時內心有這樣的擔心，所以，朋友家人的那番話讓我開始思考我是否還可以做其他的事。

因此，小倉先生的旅行團給我的工作帶來了很大的希望，觀光客除了覺得動物可愛以外，還有人想要瞭解造訪這個國家現實的一面。這令我感到格外高興。

這個旅行團以「和《不沉的太陽》的恩地元暨小倉寬太郎一起去肯亞」為號召，原來這種有明確主題的旅行團就會有關心肯亞的觀光客參加，就可以和他們討論肯亞社會存在的問題。而且，將日本和肯亞相比較，就可以重新看清日本的問題。我希望可以企畫這樣的旅行團。

幾年來，一直擋在眼前的霧一下子煙消雲散了。

令人高興的是，二〇〇一年小倉先生組團的數量比以前增加了。之後，因為小倉先生病倒了，在小倉先生的指導下，由我一個人帶團。也是從那個時候開始，我開始背負「《不沉的太陽》的恩地元暨小倉寬太郎最信賴的導遊」的沉重頭銜。

很遺憾的是，小倉先生在二〇〇二年十月因為肺癌驟逝。由於他對我的工作帶來很大的影響，真的令我感到十分遺憾。可以說，小倉先生的旅行團為我奠定了目前的工作基礎。

小倉先生的旅行團以熱帶草原為中心，在行程中，也會安排前往參觀小倉先生主辦的東非之友會「熱帶草原俱樂部」支援的孤兒院這些和一般的熱帶草原旅行團完全不同的行程。

熱帶草原俱樂部由一群熱愛東非的大自然和動物的人在一九七六年成立，以舉辦各種活動和演講促進會員之間的感情和資訊交流為主，同時，也積極參與、支援當地的活動，除了支援肯亞周邊的小學、托兒所兼孤兒院以外，還贈送取締偷獵專用的警車等，展開保護野生動物的活動。因此，小倉先生企畫的旅行團有很多都是關心肯亞、知識水準相當高的熱帶草原俱樂部的成員。

自從為小倉先生的旅行團帶團後，我和千晶小姐，以及在當地旅行社工作的日本籍工作人員的朋友一起企畫了在參觀熱帶草原以外，也可以參觀孤兒院、學校、醫院的學習之旅，還有寄宿在肯亞家庭，或是和馬賽族一起殺羊現吃的體驗型文化之旅，提供給旅行社參考。

千晶小姐的其他朋友都和我一樣，之前就對只參觀動物的熱帶草原之旅產生了質疑，在工作上遇到了瓶頸。他們努力嘗試用各種方式把肯亞的各個方面傳達給遊客，因此，我們幾乎每天都在討論這項計畫，分頭尋找願意接受我們企畫的旅行社。

因為我們的熱忱，這些企畫逐漸被人接受。曾經有客人參加了小倉先生主辦的旅行團後，陸續參加了六次由我導遊的行程，我也逐漸有了固定的客人。

一旦有了回頭客，為了避免遊客生厭，必須改變企畫內容。於是，開始增加除了肯亞以外的坦尚尼亞和盧安達（Rwanda）的行程，參觀那裡的熱帶草原，再搭配其他參觀行程。

越是投入越有成就感。正因為住在肯亞，才能夠設計各種不同行程的導遊工作讓我完全投入。

這時，又發生了一件讓我思考工作的事。更巧的是，那是讓我之前思考導遊工作意義的那位朋友家人的再度造訪。那位朋友生了孩子，她的父母來肯亞看孫子，我朋友帶他們參觀奈洛比市區後，我們一起吃飯。他們再度深有感慨地談論肯亞的美好。

「我們的孫子能夠生活在這麼美好的國家，實在太幸福了。這裡的食物都很美味，綠意也很豐富，居住環境也比日本寬敞，生活很舒適。等我們退休後，也要來肯亞打打高爾夫球，度過晚年。」

他們果然不瞭解真正的肯亞。當然，他們的話並沒有什麼特別，是一般觀光客異口同聲表達的意見，但那時候，那番話深深刺進了我的心。

具有問題意識對肯亞有高度關心的人，可以藉由參加我企畫的學習之旅，瞭解肯亞的現實。但是，沒有機會參加的人，甚至沒有機會瞭解。不知者無罪嗎？讓他們產生興趣，不也是一件很重要的事嗎？

他們天真的想法似乎在證明我的無力。

他們都是善良、純潔的人，如果他們的女兒沒有住在肯亞，他們一輩子也不會想來非洲。他們只知道生活富足的女兒在這裡的生活，沒有機會瞭解其他人的生活，所以這也是無可奈何的事。雖然他們知道這個國家有衣不蔽體，食不果腹的人，也知道這裡有許多矛盾和不合理，卻覺得這一切離自己很遙遠。

我很幸運，雖然在生活方面不虞匱乏，卻有機會瞭解這個國家的陰暗部分，也有機會讓我深入思考這個問題。既然我瞭解了這麼多，就希望更多人能夠瞭解這個現實。我不希望日本變成一個只掃自家門前雪，不顧他人瓦上霜，只追求自己的幸福，不關心別人的事的無情國家。為了使日本更美好，就應該刺激日本人的感性，激發國民更豐富的感受。

然而，我又能做什麼？拚命企畫學習之旅的我所做的一切，難道只是自我滿足而已嗎？那天晚上，我分不清是因為悲傷還是懊惱，還是寂寞，整整哭了一整晚。

近年來，日本在國際社會中漸漸居於領導地位，但日本太不關心其他國家了，尤其是一般民眾，對遙遠的非洲幾乎一無所知，只有熱帶草原、動物、飢餓、紛爭——這些刻板的印象。

我是不是有義務把肯亞的歷史、文化、百姓生活的優點和缺點介紹給日本？我希望向日本人傳達肯亞的現狀。我內心再度湧起這種想法。

音樂家藉由音樂，作家和文人藉由文章和演講傳達各種想法，我是徹頭徹尾的導遊，雖然接觸的遊客不多，但我可以在直接和遊客接觸的過程中，把真實的肯亞傳達給他們。也許我能夠做的事很微不足道，可是我相信，如果可以因此改變日本人的意識，或許可以使日本人變成心靈富足的國民。我再度認識到，我想做的是這樣的工作。

於是，我開始企畫可以親子同遊的行程，並和千晶小姐一起企畫了針對學生舉行的學習之旅。如果可以讓肩負著未來社會、感性豐富的年輕人更瞭解肯亞的現狀，或許可以改變眼前的狀況。

在學習之旅中，結合了在報社當地分社工作的新聞記者和NGO（非政府組織國際事務委員會）相關人員的講座，以及和奈洛比大學的學生進行討論的行程。學生們熱烈討論的內容涉及兩國的政治、經濟、教育、醫療和農業問題，對他們未來的工作選擇也有很大的影響。

同時，還由參加這些學習之旅的學生為中心組成了「我愛非洲」的非洲學習會，定期舉行討論。結果大獲成功，學生的反應很理想。

看到參加親子學習之旅的小孩子在作文中提到「我很慶幸有機會瞭解肯亞」時，覺得自己的努力有了回報。我還有很多很多要做的事，我開始感受到自己肩上的責任。

雖然肯亞有許多讓我討厭的地方，但正因為我瞭解肯亞，才能夠勝任導遊的工作。雖然我痛恨肯亞，但我藉由工作面對肯亞。

這是我真正在肯亞的重新出發。

第3章

遇見傑克森

馬賽族的魅力

象徵都市文化的瑪塔多讓我愛上了肯亞，住在用牛糞和泥土建造的房子，過著放牧牛羊生活的馬賽族文化更令我感到魅力十足。

事實上，由我導遊的草原之旅有訪問馬賽村莊的自費行程，經常有機會接觸從古到今都維持著傳統生活的馬賽族。

接受觀光客參觀的馬賽村都是在高級小木屋度假村和露營地附近的村莊，但那些村莊並不是變成觀光地的特殊村莊，他們和生活在其他地區的馬賽族一樣，住在傳統的房子裡，也有畜牧。

他們主要以畜牧為主，但因為住在近年政府禁止放牧的國立公園或是保護區附近，無法大量飼養牛，難以光靠畜牧為生。於是，就利用有大量觀光客的環境，接受觀光客參觀，因此，他們的主要生計來源也從畜牧變成展現村民的生活獲得現金收入的觀光業。

對觀光客來說，能夠親眼見識到和現代社會生活迥然不同的馬賽族生活是十分寶貴的體驗，也受到文化衝擊，都會紛紛拍下他們的生活和文化。

我對馬賽族的傳統文化很有興趣，曾經向很多人打聽或是去查了相關的文獻資料。馬賽族文化有很多地方令我留下深刻印象，讓我產生了尊敬，但因為和日本文化相去甚遠，所以，在考慮和我現任丈夫傑克森結婚之前，始終認為他們是和我們完全不同的人種。

二〇〇四年，世界銀行公佈，肯亞的總人口為三千二百四十萬人。其中，推測馬賽族約有三十萬人，這個人數也包括了居住在坦尚尼亞的馬賽族人。

因為，馬賽族在很大的區域內放牧，歐洲各國因為殖民地競爭而畫下的國境線對他們來說並沒有太大的意義，他們至今仍然在沒有護照和身分證的情況下，自由自在地出入肯亞和坦尚尼亞。

肯亞人幾乎都是在家中分娩，小孩子出生後也沒有去做出生登記。因此，就連肯亞政府也無法把握正確的人口。

肯亞除了馬賽族以外，還有基庫尤（Kikuyu）族、盧奧（Luo）族、路希亞族及康巴（Kamb）族等四、五十個民族，各有不同的語言和生活習慣。許多非洲國家都和肯亞一樣，是由許多不同的民族構成的。

因此，不同的民族之間經常發生抗爭，還有不少像電影「盧安達飯店」中胡圖人（Hutu）虐殺圖西人（Tutsi）的盧安達（Rwanda）、索馬利亞（Somali）、安哥拉（Angola）和蘇丹（Sudan）等紛爭不斷的國家和地區。肯亞雖然表面上沒有明顯的紛爭，但在日常生活中，也經常可以看到一些爭鬥和歧視現象。

馬賽族作家S．S．奧雷．薩坎所寫的《記錄我們馬賽族》提到，馬賽族也可以分為五大氏族，生活習慣和傳統也稍有不同。氏族和氏族之間也會有抗爭，而且，這五大氏族還會進一步細分，有些氏族已經漸漸消滅。

日本人很難理解這種民族之間的紛爭，但他們團結一致，為了保護自己的利益不惜犧牲自己的生命。

在肯亞眾多民族中，馬賽族應該是在世界各地最有名的民族。在日本，馬賽族人曾經和演員名高達郎（現改名為名高達男）一起拍營養劑的廣告，最近則是和日本足球隊的中田英壽合拍了照相機的廣告，大型製藥公司甚至開發了以「馬賽戰士」為名的乳酸飲料，可見馬賽族的確舉世聞名。

法國電影「馬賽」二〇〇五年在日本上演時，劇中的馬賽戰士曾經來日本進行宣傳活動，也曾經在談話性節目中加以介紹。

染紅的長髮、披著紅布的打扮、五彩繽紛的彩珠飾品襯托他們的黑色皮膚、驚人的跳躍力、撂倒獅子的野性魅力——對日本人來說，馬賽族就是典型的非洲民族。

馬賽族在肯亞人中也顯得很特殊，甚至有把他們鄙視為「落後民族」的傾向，但其實他們絕對不是「落後」於文明社會。他們為自己的生活方式感到自豪，更希望維持傳統的生活，而不是在便利的文明社會生活。

文明社會的浪潮也的確衝擊了馬賽族的生活。他們的鞋子從牛皮的涼鞋逐漸變成了塑膠涼鞋和球鞋，服裝也變成在T恤外纏上紅布的新造型，越來越多的馬賽族人有收錄音機和手機。

由此可見，他們並沒有頑固地否定文明社會，但只挑選符合自己生活方式的文明社會工具融入自己的生活。

其實，被視為馬賽傳統服裝的紅布和珠飾也是來自國外，在此之前，他們身披牛皮和羊皮，配飾以植物種子、樹果和鴕鳥蛋殼為主。所以，馬賽族隨時吸取時髦的事物。

然而，大部分觀光客不瞭解馬賽族的這些情況，自以為地覺得「希望馬賽族維持馬賽族原來的樣子」，所以，看到馬賽族人穿鞋子或是拿手機，甚至有人感到失望「這不是真的馬賽族人」，但其實並不是這麼一回事。

他們並不像其他民族一樣，認為物質豐沛就是幸福，正因為這樣，馬賽族只使用最低限度的必需品，很少像其他民族一樣受到物質的毒害。

比方說，收錄音機，他們並不是為了聽流行音樂，而是為了聽新聞或是想錄下自己的歌聲後放出來聽。T恤對於在溫差極大的熱帶草原生活很有幫助，手機是電力和電話尚未普及地區和外界聯繫的唯一方法。

隨著手機的普及，馬賽族人可以很快找到近鄰的醫生，也可以掌握青草茂密地區的相關資訊，和他們的生命有著密切的關係。對他們來說，手機並不是為了娛樂而持有的奢侈品，而是他們的「生命線」。手機在日本等先進國家和基礎建設不夠完善的偏僻地區所發揮的功能完全不同。

由於電力尚未普及，手機的充電也成為苦事一樁。他們必須借用小木屋度假村的發電機所產生的電力，或是付錢去鄰近小鎮有太陽能發電裝置的充電行去充電。比方說，從埃內波爾克魯姆村到小木屋度假村要走一個半小時，走到鎮上也有八公里，因此，還很難說手機真正帶來了便利生活。

也有些馬賽族人每天上學，其中不乏優秀的學生，有人成為律師、醫生、公務員，甚至還有人擔任外交官和部長。

他們也希望接受教育，但在廣大的草原上建造的學校十分有限，從居住地出發，必須在有危險動物棲息的地區走十公里左右才能到學校，小孩子很難每天自行上學。

只有少數馬賽族人才會定期去學校上課，尤其對經營傳統生活的馬賽族人來說，學校教育並非不可或缺，所以，很少人會克服各種困難堅持上學。

我丈夫所屬的西利亞馬賽族的年輕人中，有四成人曾經接受過學校教育，這的確是令人驚訝的數字。個人接受現代教育的現代馬賽族人數更少，大部分人還是馬賽的戰士。

不知道馬賽社會今後是否會進一步受到文明社會的影響，導致現代化馬賽的人數增加，馬賽族的生活也發生變化？事實上，肯亞最近已經實施國小義務教育，馬賽族的兒童也必須上學。各地將集資興建學校，或是讓小孩子寄住在學校附近的親戚家，馬賽族人今後的生活也將不斷發生變化。

他們珍惜目前的生活，對人生的重要階段舉行的各種儀式也充滿敬意，所以，他們內心對自身民族的驕傲不會喪失，越是瞭解他們，就對此充滿信心。

聽說其中不乏向觀光客出賣自己生活的「觀光馬賽」；也有捨棄傳統的馬賽族生活，在飯店當警衛的馬賽族人；有的馬賽族人覺得穿著馬賽族的衣服可以吸引白人，全身都穿上馬賽族服裝，找白人女友交往的「假馬賽」。但這只是極少一部分人而已。

繼瑪塔多之後，我又迷上了馬賽族。認識傑克森後，我想要更進一步瞭解馬賽族的文化。

對傳統文化的驕傲

馬賽族的男人大致分為少年期、低級青年期、高級青年期、長老期和最長老期這五大世代。低級青年期和高級青年期這兩個時期稱為戰士時代，每個世代都有不同的儀式，只有完成該世代所有的儀式，才可以進入下一個世代。

對馬賽族的男人來說，進入下一個世代具有重要的意義，每個村莊都會盛大舉行那個世代最後的儀式。

舉行儀式時，居住在同一地區的同年代人都會一起參加，所以，除了可以認識彼此，他們也屬於同一個團體。

馬賽族男子在人生中迎接的第一個儀式就是「割禮」。在肯亞，除了最大民族之一的盧奧族以外，幾乎都有施行割禮的習慣。進行割禮的年紀各不相同，有些民族在一～三歲的幼兒期進行，也有的民族在十四～十六歲時進行。

馬賽族人認為割禮是長大成人必須具備的條件，只有能夠承受疼痛，才能成為真正的男人，因此，通常都在十二～十五歲期間進行。由於必須在人數到達一定程度後集體舉行，所以，有些地區的年輕人已經長鬍子了，還沒有進行割禮。

沒有接受割禮的男子無法被視為已經長大成人，仍然被當成少年，因此，每個青春期的男生都引領期盼著接受割禮的一天。

部落的眾長老決定割禮的時間。當他們認為已經具備戰鬥能力的少年達到了一定的人數，就會決定舉行儀式的日子。

舉行割禮儀式時，也是由長老為少年施行割禮，但傑克森生活的埃內波爾克魯姆村在二〇〇五年第一次找了醫生，在良好的衛生條件下施行割禮。

當然，由於這是傳統的儀式，無法在醫院進行，但醫生會進行消毒，並處方消除化膿和止痛的藥物，會比以前輕鬆很多。聽說偶爾會有因為割禮休克死亡或是傷口化膿的案例。因此，對馬賽族來說，有醫生參與的割禮儀式也是一種劃時代的重大改變。

馬賽族女人在出嫁前的十二～十四歲初潮來臨時，也會施行割禮，但不會像男人一樣舉行儀式，而是為出嫁前的一種禮儀。因此，如果女人到了一定年紀還沒有接受割禮，就會覺得很丟臉。在埃內波爾克魯姆村，已婚者百分之百都接受了割禮。但住在奈洛比和其他地方都市郊區的馬賽族中，或許是受到教會或是教育的影響，有許多少女都逃避接受割禮。

馬賽族禁止仔細觀察異性的下體，所以，我沒看過我丈夫割禮的痕跡，但聽說馬賽族男子進行割禮時會把包皮捲起後固定在龜頭下方，因此會有一塊突起。日本有的男人會入珠，聽說馬賽族男人下體的突起物具有和入珠相同的效果。

女人進行割禮的目的只是為了服從丈夫，也有人說是為了讓女人無法產生快感。但絕大部分馬賽族男人甚至不知道女人在做愛時會有快感，所以，無法確定這種說法的真偽。

少年的成年儀式並非只有割禮而已，還有徒手抓牛角把牛扳倒展現自己力量的儀式和剃髮儀式，完成所有儀式後，少年才變成「低級青年」。

之後，低級青年會按照各自地緣關係聚集在一起形成新部落，也就是青年村，展開共同生活，但其實青年村是為了保護自己的土地和家畜等財產，避免被敵人搶走而建的。

成為低級青年的所有儀式都結束後，他們才可以攜帶長矛和盾牌。為了學習如何成為戰士（莫朗），還會向長老學習傳統文化，以及宰殺牛羊的方式、烹飪方法，還有豐富的藥草知識。

馬賽族人除了舉行儀式或慶典，或是為病人和孕婦補充體力以外，幾乎很少吃肉。平時都喝牛奶或是牛奶加牛血混合的食物，但正在成長同時學習宰殺和烹飪方式的戰士，就會在這個時期吃大量的肉。

但他們禁止在部落內吃肉，所以，會在距離部落有一段距離，名叫「奧爾普爾」的廚房吃肉。女人不可以走進「奧爾普爾」，殺牛、切塊和烹飪都是男人的工作。

或許是因為這樣的關係，馬賽族的男人熟知用馬賽語命名的牛肉各個部位的名字和特徵，也精通宰割和美味的烹飪方法。

這個時期也是馬賽男人最受女孩歡迎的時候，年輕的低級青年戴著色彩鮮豔的珠飾，用紅土染頭髮、化妝，盡情打扮自己。我們印象中的馬賽族人，就是正值低級青年期的戰士。

有些戰士有好幾個經過父母首肯的女朋友，這些女孩子大部分都是胸部才剛開始發育，還沒有迎接初潮的十～十二歲的少女，令人驚訝的是，他們交往時會有性行為，甚至有些少女很早就懷孕、生子，但生下的孩子通常都是作為父母的孩子養育成人。

在低級青年期，即使已經結婚，也可以交女朋友，甚至可以把女朋友帶回有太太在的家裡進行性行為。妻子通常不會有特別的想法，因為這是低級青年期的傳統。

也許是因為馬賽族人認為這種戀愛本身就是婚姻生活的練習，也是戰士修行的項目之一，所以不會特別禁止。

我可以理解和接受大部分馬賽族的傳統和習慣，但還是無法理解低級青年期的戰士交年幼女朋友的習慣。

他們並不是蘿莉控，只是認為戰士身旁有少女陪伴是一種傳統，但我還是無法接受和這麼年幼的小女孩之間的性行為。這麼小的年紀，對性行為到底有什麼程度的瞭解？是像扮家家酒一樣的感覺嗎？我實在難以理解。

經過低級青年期後，長老判斷他們必須肩負起下一個世代的責任時，就會為他們舉行名為「威諾德」，也就是升級到高級青年的儀式。通常低級青年要經過十年以上的時間才能夠升為高級青年，因此，「威諾德」是十年一度的盛事，也是馬賽族人一輩子最大的儀式。

一旦決定在哪裡舉行「威諾德」，眾長老就會從戰士中挑選頭目。在成為低級青年的一連串儀式時，也曾經挑選出一位具有指導整個團體能力的頭目，但「威諾德」的儀式必須由他們自己進行，因此，必須再挑選出幾個新的頭目。

通常會根據血統、人格和健康狀態挑選頭目，同時，頭目必須受到同伴的尊敬。由於他們必須一輩子扮演這樣的角色，生活必須維持傳統的規律，避免辜負長老和同伴的期待。

舉行「威諾德」儀式前，先在長老決定的地方建部落（馬尼亞塔），由低級青年的母親在那裡建造神殿。部落的大小由參加儀式的低級青年的人數決定，我的丈夫傑克森參加的「威諾德」儀式超過八百人，所以建造了一望無際的巨大馬尼亞塔。低級青年紛紛聚集在此，連續好幾天載歌載舞到天亮。

舉行儀式時，他們會在臉上和身體上畫上油彩，讓人瞭解是否具備曾經殺死獅子的最高榮譽。獅子一看到馬賽族人就會拔腿就跑，但他們身為戰士的自尊心不容許他們追逐逃走的獅子，於是，七、八個人大聲吆喝，用各種方式刺激獅子，齊心協力殺死獅子。同樣的，殺死大象和犀牛的人也會受到尊敬。

有些外國人指責馬賽族人殺死珍貴的野生動物這種傳統習慣，但他們除了報復野生動物攻擊家畜或是舉行儀式以外，並不會濫殺野生動物。一個世代所有的戰士在十年期間，為了舉行儀式所殺死的獅子只有四、五頭而已，對整體的數量不至於有太大的影響。而且，他們是用長矛和棍棒攻擊獅子，有些馬賽族人也會因此賠上性命，因此，和用槍偷獵者的行為完全不一樣。

舉行「威諾德」的最後一天會殺牛，一片一片地吃牛肉，再用牛皮做成戒指。這是低級青年期的修業證書。低級青年跪在長老面前，由長老頒發戒指，並給予祝賀。

咒術師（奧羅伊波尼）對儀式的作用舉足輕重，低級青年對他們充滿敬意。因此，當受到他們的祝福時，內心的感動會達到顛峰。很多戰士會發出怪叫聲或是突然倒地，陷入恍惚狀態。

最後，由戰士的母親為他們剃去留了多年的頭髮，「威諾德」才正式落幕。華麗而嚴格的低級青年期活動結束的肅穆，升為高級青年的驕傲──為戰士剃髮的母親也因為看到兒子長大成人，無不淚流滿面。

對馬賽族人而言，「威諾德」就是如此令人激動的儀式。

「威諾德」儀式結束後，進入高級青年期的戰士分別回到各自的村莊，進入長老的準備時期。

高級青年必須經過幾個儀式後，才能進入長老期。

比方說，低級青年期時，不可以在父母家喝牛奶，不能獨自喝牛奶，不能吃女人做的料理，不能在部落內吃肉，有各式各樣的限制。進入高級青年期後會在各個階段解除這些限制。

但這些儀式並不是集體進行，而是以每個家庭為單位進行。當然，家長和長老會根據每個人的情況進行判斷後，決定舉行儀式的日子。

以前，只有完成「威諾德」儀式的高級青年才可以結婚，但傑克森所屬的西利亞馬賽族從上一個世代開始，已經有人在低級青年期就結婚了。

傑克森也是其中之一。他在低級青年期時對大太太安歌依一見鍾情，和父母商量後，再由安歌依和傑克森的雙方父母討論，決定讓他們結婚。

馬賽族的基本傳統文化並沒有改變，但會根據時代或當時的實際情況隨機應變，這也正是馬賽族最大的優點。馬賽族的傳統和習慣中並沒有規則和規定。

馬賽族重視的不是形式，而是敬仰傳統文化的心。正因為這樣，他們才會對自己的文化感到自豪，維持傳統的生活，帶著尊嚴之心參加各種儀式。

我以為自己透過閱讀文獻資料，已經瞭解馬賽族的文化，但親眼目睹「威諾德」等儀式時，才第一次真正感受到馬賽族人對傳統文化的尊敬之深，以及他們經營傳統生活的真正意義。

真正的戰士傑克森

我能夠親眼目睹馬賽族最大的儀式「威諾德」真的是天大的幸運。

二〇〇一年回到肯亞時，我就聽到傳聞「這兩、三年期間，可能會在馬賽・馬拉舉行威諾德」。馬賽・馬拉國家保護區是馬賽族居住地馬賽生活區（Masai Land）的一部分，我曾經多次造訪，卻從來沒有見識過這麼大型的儀式。我和肯亞有如此密切的關係，如果有機會，我很想見識一下。但由於無法得知舉行這個儀式的明確日期，所以，我也沒有抱太大的希望。

那時候，辭去當地旅行社的工作，成為自由撰稿人的早川千晶小姐想要採訪「威諾德」，積極向住在馬賽・馬拉國家保護區附近的朋友打聽消息。

千晶小姐自從一九九九年成為自由撰稿人後，和住在大阪的攝影師北川孝次先生（本書中包括封面的照片在內的所有照片都是北川先生的作品）搭檔，以「世界的笑容」為主題，拍攝世界各國民眾的笑臉，並將他們的文化和習慣介紹到日本。因此，她經常滿懷熱情地說，無論為了更好地表現拍攝的對象，還是為了介紹文化，無論如何都希望可以見證馬賽族最大的「威諾德」儀式。

終於住進兩房的公寓了，
終於成為訂報一族了，
終於想吃想睡想洗澡想看電視，都可以隨心所欲了……

一樣愛逛超市，搶購鯛魚沙西米，
一樣愛敲敲打打，自己訂書架換燈泡種植物佈置陽台，
一樣愛料理，講究好湯頭，偷偷聽到鄰居在吵架，

但是，但是……
三連假耶，卻沒人跟我說話，
半夜影印還是一樣發生驚魂記，
我不禁偷偷問自己，究竟要一個人住到何時啊？

讓你久等了！《一個人住第
高木直子《一個人住第9年》

2009年十二月新書

古市幸雄◎著　陳惠莉◎譯　定價220元

我為什麼開始30分鐘學習法？

你難道不知道，醒著的時間有一半全用來工作！如果你不去學習只能維持同樣學歷、同樣工作內容、同樣薪水……這樣，你還在浪費時間嗎？

紐約人，你為什麼穿衣服？
You are what you shop
50個紐約客給你50個品牌精神！

張天捷◎著　定價280元

在紐約居住多年的知名設計師張天捷，試以玩心與好奇心剖析紐約文化。他先由紐約人的「穿著」入手，走上街頭，拍下這些真真實實生活在紐約的人，深度解讀他們到底在穿什麼規矩？穿什麼態度？穿什麼文化？

我的老公是非洲戰士

永松真紀◎著　王蘊潔◎譯　定價230元

我這個外國人真的能成為馬賽族的媳婦？
我真的能和傑克森的第一個太太和睦相處？
我真的能適應撿柴、汲水煮飯、自己蓋房子補房子的生活？

熱演吧，出租家庭

荻原浩◎著　王蘊潔◎譯　定價360元

日本資深書評家「北上次郎」極力推薦

「我不知道荻原浩可以寫出這樣的小說！雖然之前就聽說本書佳評如潮，卻久久沒有看這本書。萬分抱歉，我正在強烈反省這件事。」（摘自《書的雜誌》）

花菱家債務纏身，生活艱苦，只好加入「全家人都能參與的新興行業」——出任務去角色扮演別人的家人……可是，這工作不止需要高度演技，還要冒著家破人亡的危險?!

第二天早上——
喔喔～
鏘
醃鰹魚做好了!!
將醃鰹魚放在熱熱的白飯上做成醃鰹魚蓋飯固然美味，可是……
淋上熱茶作成茶泡飯……
灑上一點三葉芹
鰹魚稍微拍一下
依個人喜好加點麻油海苔
加一個蛋黃，做成韓式蓋飯也很好吃喔……♥
大清早吃著自己喜歡的美食……
啊～真是幸福～
一邊如此想著。這就是我的一個人住第9年。

然而，不光是「威諾德」，馬賽族舉行所有儀式時，都要由咒術師占卜，再和眾長老商量，決定日期，所以，往往很難定下具體的日期。雖說「威諾德」是十年一度的盛事，但經常因為各種原因延期。

千晶小姐和北川先生也連續等了好幾年，二〇〇三年十二月上旬終於接到通知，將在馬賽·馬拉舉行「威諾德」。他們兩個人都興奮不已。

「真紀，妳也絕對要去看看。」

當時，我的導遊工作剛好告一段落，我就決定應千晶小姐之邀，和她同行。我想進一步瞭解馬賽族，而且，如果有幸參與難得一見的儀式，以後可以向遊客介紹，對工作會有很大的幫助。最重要的是，我覺得盛裝的馬賽戰士應該很帥。

千晶小姐和北川先生為了這次採訪工作忙得不可開交，我也想助他們一臂之力，於是，就幫忙去買了土特產，準備送給即將採訪的馬賽族人，並和司機先去馬賽·馬拉。雖然我們打聽到將在馬賽·馬拉舉行「威諾德」，但還不知道明確的地點，因此，必須向千晶小姐的馬賽族朋友愛德華確認進一步的消息。

這不是給觀光客參觀的神聖儀式，所以不可能在交通方便的地點舉行。翌日，向愛德華再度確認舉行儀式的地點後，我們在附近的小木屋度假村奇秋瓦·天波等待他們的到達。

聽愛德華說，包括準備期間在內，威諾德將持續好幾個月的時間。

我們去的時候剛好是最高潮的最後一星期。由於是一整個世代的成人式，參加者的年齡也從二十一歲到二十八歲不等。那些因為上學無法參加戰士活動和修行的馬賽族人也會一起參加這個儀式。

威諾德基本上是馬賽戰士的低級青年的畢業典禮，但也和日本的成人式具有相同的意義，因此，只要是同一個氏族的人，即使沒有參加戰士活動，也可以參加威諾德。不過，遵守馬賽族傳統規律的真正戰士和正在求學的學生無論髮型和表情都迥然不同。

為了申請採訪許可，我們一行人和負責威諾德的四名頭目進行交涉。他們渾身散發出宛如野獸般的俊美，和長相幼稚、理著光頭的學生馬賽族人有著天壤之別。

其中，最引人注目的就是傑克森。他的長髮綁成許多細細的髮辮垂了下來，用紅土和油混合的顏料化了妝，雙眼露出野性的銳利眼神，臉上沒有一絲笑容。這個成熟的年輕人給我的感覺不是俊美，反而感到有點可怕。不光是因為他是排行第二的頭目，更因為他是曾經殺死七隻獅子和大象的真正戰士，所以，他渾身散發出一種鶴立雞群的氣質。

獲得採訪的許可，在參觀儀式期間，我總是不由自主地在眾多馬賽族人中尋找傑克森的身影。

「可以和你一起拍張照嗎？」

我誠惶誠恐地用斯瓦西里語（Kiswahili）問他，他卻完全不予理會，轉身走開了。我沒有輕易放棄，第二天再度拜託他，他沒有說話，但終於答應了。

「好可怕，他和我以前認識的肯亞人、馬賽族人不一樣。」

直到儀式將近尾聲的第五天，我才終於問到他的名字。傑克森太有威嚴，太高尚了，有一種讓人難以靠近、不敢找他說話的感覺。即使能夠和他說上話，也完全被他的氣勢震懾了。

儀式一天比一天激情。有的戰士發出怪叫聲，有人引吭高歌，跳來跳去，也有一群人以飛快的速度跑過馬尼亞塔。到處都可以看到處於異常興奮，陷入恍惚狀態的戰士。

揮旗儀式、跑去神殿的儀式等各種完全無法想像的儀式接二連三地進行，我們原本打算停留三天的行程也無限期延長。

第四天，長老帶領整個團體的人馬穿過森林，走向河邊。戰士們用河底的黏土質白土塗在身上和臉上。不知道是不是因為這個世代有許多戰鬥型戰士的關係，有不少戰士在白色以外，還在左頰上塗了象徵曾經殺死獅子的紅色。

之後，戰士們跪在長老和咒術師前，聽到祝賀詞時，所有人好像發瘋似地尖叫起來，陷入了恍惚狀態。

我正在見證驚人的一幕。如果沒有看到這個儀式，人生就會黯然無光。能夠見證這些戰士青春的最後一幕，也是人生中最大的慶典令我樂不可支，我好像和他們經歷了相同的體驗般興奮不已。我很慶幸沒有錯過這場儀式。

最後，長老選出二十幾名率先畢業的戰士，他們或許感到這是一份無上的榮耀，每個人都因為激動顫抖不已。戰士的母親神情莊嚴地為他們剃掉戰士活動的象徵，也如同生命般寶貴的長髮。這種喪失感或許就像是失去了戰士的靈魂，每個人都放聲大哭。

之後，長老為整個世代取名，翌日，所有的戰士都落髮後，宣告儀式結束，激情而又高尚的威諾德終於落幕。

我身為第三者，也想要宣揚他們的文化和驕傲。他們的成人儀式之所以如此令人感動，是因為他們尊敬長老，尊敬有規律的秩序。他們絕對不是野蠻或是落後的民族。除了日本人以外，我更要向和馬賽族是同一個國家人民的肯亞人大聲宣傳。

我懷著這種想法，依依不捨地離開了馬賽・馬拉。

重逢「心靈戀人」

回到奈洛比，威諾德帶給我的感動仍然無法平靜。如果不曾親眼目睹，絕對無法瞭解這份感動。我相信千晶小姐的想法和我一樣。回到奈洛比後，我們每天見面，暢談馬賽的傳統和文化。

我們的興奮還沒有平息，攝影師北川先生寄來了傑克森的照片。仔細一看，發現就像是明星的宣傳照般拍得十分帥氣。他是如假包換的馬賽戰士。他不像是人，也許說他像是野生動物更貼切。看著他的照片，我越來越覺得他對我而言就像是電影明星，就像是偶像。

可是，他是馬賽族人。雖然他和我同住在肯亞，卻身處不同的世界。從這個角度來說，他比超級偶像木村拓哉離我更加遙遠。木村拓哉至少和我生活在相同的世界，如果和他交往，或許還有一丁點的可能。越是這麼想，心裡越覺得難過。

「啊，你為什麼是馬賽族人？」

我幾乎每天都對這個遙不可及的心靈戀人說話。我隨身帶著他的照片，出示給大家看，告訴大家：「這是我的心靈戀人。」

如果他不是馬賽族人，我應該不會這麼投入。正因為他在傳統中活出自我，我才會這麼深受吸引。每天每夜，我都想著馬賽族和傑克森的事。

威諾德儀式兩個月後的二〇〇四年二月，我再度造訪馬賽．馬拉，為學習之旅做準備工作。我就在他的地盤。光是想到這件事，就令我激動不已。雖然我向曾經提供威諾德消息的愛德華打聽了傑克森的村莊，卻沒有勇氣去找他。

自從參加威諾德後，馬賽族在我心目中變得十分神聖，不可輕易接觸，也不可以輕易靠近。當然，我想再見傑克森一次，但沒有正當理由，根本不敢去見他。同時，也擔心萬一巧遇他怎麼辦。想見又見不到他，這種心情簡直就像是高中女生在暗戀遙不可及的偶像明星。

千晶小姐和北川先生要參加在威諾德時認識的一名馬賽頭目奧雷太帝亞的婚禮。北川先生從日本帶了很多很多在威諾德時拍的照片，準備送給他們。

我剛好因公來到馬賽．馬拉，於是，就在小木屋度假村和他們會合，看到了那些照片。其中有很多傑克森的照片，我所認識的傑克森整天都很嚴肅，讓人難以靠近，但北川拍到的卻不是我看到的表情，有他帥氣的笑容，還有從留著長髮、充滿野性的戰士剃下頭髮後，露出平靜的表情。

「北川先生，傑克森的照片可以放在我這裡嗎？」

傑克森也是奧雷太帝亞的朋友，所以當然會來參加婚禮。雖然我也受邀參加，卻因為另有工作無法出席。我夢想和傑克森重逢，千方百計找一個和他見面的藉口。所以，我想親手把這些照片交給他。

「好啊，這個人很不錯，真紀，他可以讓妳幸福。」

傑克森也是北川先生很欣賞的馬賽族人之一，北川先生還以他的照片為主，製作了一本馬賽族的月曆。

「你別開玩笑啦，我怎麼可能和馬賽族人交往，我們的世界差異太大了。」

「是嗎？我倒覺得沒什麼問題。」

傑克森因為是頭目的關係，在整個儀式過程中都很嚴肅。即使如此，北川先生仍然拍到了他各式各樣的表情，所以，他口中的「這個人很不錯」很有說服力。北川先生至今為止拍攝了許多民族的人的笑臉，也許能夠直覺地感受到對方的人格。

我渴望見到傑克森，把內心對威諾德的感動告訴他，哪怕只有五分鐘也好。這就是我的夢想。

以前，曾經從愛德華口中得知傑克森所住的村莊名字，但只知道那個村莊大致的方位，我根本不可能自己去那裡，也不敢就這樣去見他。

於是，只要看到有馬賽族人在我住的那家旅館出入，或是搭旅遊車中途看到的馬賽族人，我就會拿出傑克森的照片拜託他們：

「如果你看到他，可不可以麻煩你轉告他，之前來參加威諾德的日本人想把照片拿給他。」由於那裡沒有電話，也沒有電報，只能靠馬賽族人幫我帶話。雖然無法保證一定可以把話帶給他，但這是唯一的方法。

沒想到，翌日傍晚，傑克森翩然出現在小木屋度假村。馬賽族人的資訊網實在太驚人了。他聽到這個消息後，花了一個半小時走到旅館。

相隔三個月，傑克森的表情已經變得十分平靜，或許是因為剃掉長髮的關係，感覺比在威諾德時更穩重。

「你還記得我嗎？」

「不，我不記得了。」

我就知道。我請他和我合影時，他根本不理我，最後我向他道別時，他也幾乎沒聽我說話，怎麼可能記得我。當時，他正全心負責威諾德的事，根本無暇在意我這個外人。

無論如何，我要趕快把我對威諾德的感動告訴他。因為，這才是我想當面告訴他的話。

「威諾德實在太棒了，馬賽族的傳統也很美。我很慶幸有機會參加威諾德，希望日後能夠藉由工作宣揚馬賽族傳統的美。」

然後，我把北川先生拍的照片交給他，他顯得很高興。

「如果你有機會來奈洛比，請你和我聯絡。」

馬賽族人和我這個日本人根本沒有共同的話題，我們無話可聊，我只好把印有家裡地址和電話的名片遞給他。雖然我不認為馬賽族人會去奈洛比，但當時給他名片，只是不想就這樣從此不再有任何交集。

這次的重逢前後只有五分鐘。雖然沒說幾句話，但他特地造訪，以及我親手把照片交給他，同時，當面告訴他我對威諾德的感動，已經讓我感到心滿意足。我終於了結了一樁心事，內心的威諾德終於落幕了。我為此鬆了一口氣。

沒想到，當天他又託人傳話給我，說想再和我談談。既然可以再見一面，就可以進一步把我對威諾德的感動告訴他。能夠再見到他讓我興奮不已。當我們再度見面時，我只是感到欣喜若狂，但事後冷靜思考後才發現，如果他當天沒有再邀我，我們就真的從此分道揚鑣了。

我們在小木屋度假村為客人準備的篝火旁聊了一陣子。我忘情地告訴他，威諾德有多麼棒，馬賽文化令我感動莫名，難以忘懷。

「威諾德的時候，我覺得你很可怕，現在覺得你很帥。」

當我們聊得很投入時，我也鼓起勇氣這麼告訴他。結果，他問我有沒有男朋友。

「我以前曾經嫁給肯亞人，但已經分手了。」

或許因為我還在緊張，所以連這些不必要的事也都和盤托出。對我來說，能夠再度見到三個月來被我視為偶像的傑克森，簡直就像是在作夢。

回到奈洛比，又接到了傑克森的電話。馬賽村裡沒有電話，當時的手機也還沒有普及，他必須走一個半小時的路到奇秋瓦．天波旅館去打公用電話。他為了打電話給我，不僅花費了金錢，還花費了時間和勞力。

「妳順利到達奈洛比了嗎？」

我完全沒想到他會打電話來，真的讓我又驚又喜。因為我知道打電話對他來說是多麼不容易的一件事，所以才會這麼喜出望外。「啊，怎麼辦？事情鬧大了。」我的心臟快要從喉嚨口跳出來了。

但由於馬賽．馬拉的通訊情況不佳，電話的聲音很不清楚，根本無法好好交談。我忍不住問他：「我可以去你的村莊嗎？」由於太突然了，當我說出口後，連我自己都嚇了一跳。

一星期後，我又接到他的電話，「下星期，我會在奇秋瓦．天波等妳。」於是，我決定隻身前往他的村莊。

他到底抱著怎樣的心態邀我去他的村莊？是不是有什麼深刻的涵義？還是對外國客人造訪感到高興？掛上電話後，內心的期待不安和疑問遠遠超過興奮，我帶著複雜的心情呆然地站在原地。

參加威諾德之後四個月，和傑克森重逢後只有短短的兩個星期。所有事的進展比我想像中更快，我開始跑了起來，好像有一股神奇的力量在引導我。我的人生在這一刻終於馬力全開了。

我要去他的村莊，那是外國人很少踏入的地方，到底會給我帶來什麼變化？再度和他相見固然令人高興，但即將踏入一個新世界更令我感到期待。

第4章

人生最大的決定

「我想娶妳做我的二太太」

傑克森所住的埃內波爾克魯姆村位於距離首都奈洛比六個小時車程，肯亞西部的馬賽．馬拉國家保護區附近。

那裡是一片一望無際的熱帶稀樹草原，斑馬、羚羊（impala）、瞪羚（gazelle）、牛羚（gnu）、長頸鹿等野生動物成群地聚集、生息。耳邊傳來動物吃草的聲音和馬賽族人放牧的牛和山羊叫聲，還有叮噹叮噹的鈴聲。

用樹枝圍起的部落埃內波爾克魯姆村就位在這片和平的景象中。

從奈洛比搭長途巴士，再轉搭瑪塔多也可以到這個村莊，但這樣不僅會耗費很長時間，而且，我對當地完全沒有方向感。於是，我向平時工作時經常配合的當地旅行社包了一輛有司機的車子，前往和傑克森約定的小木屋度假村奇秋瓦．天波。

傑克森所住的村莊幾乎很少有外國人造訪，我和傑克森是以肯亞的公共語斯瓦西里語勉強溝通，但村民當然不會英語，可能連斯瓦西里語也聽不懂。奈洛比的人大部分都會說英語，我和前夫彼得也幾乎用英語交談，因此，我對自己的斯瓦西里語也不是太有自信。

這次和我同行的司機奇亞馬是之前我想把照片拿給傑克森時，幫忙傳話給他，並來告訴我傑克森想和我再見一面的人。有他陪在一旁，可以靠他翻譯，他也很瞭解馬賽．馬拉的土地。他瞭解我和傑克森的相處過程，有事可以找他商量，所以，我指名他當我的司機。

「他邀請我去馬賽族的村莊，你認為有什麼特別用意嗎？」

「嗯，我想一定有什麼意義。馬賽族人在做任何事之前，都會請咒術師（奧羅伊波尼）占卜，所以，他至少已經和長老商量過了，並不是單純叫妳去玩而已。」

奇亞馬的這番話令我感到心情沉重，但即使再怎麼左思右想也沒有用。當初是我提出想去他的村莊，所以，我不想對村民失禮，也希望他們歡迎我。於是，我在奇亞馬的建議下，買了只有在鎮上才能買到的砂糖和肯亞人的主食，名叫「烏嘎利」（ugali）的粟米粉作為伴手禮送給村民。

來到奇秋瓦．天波時，傑克森滿面笑容地迎接我們。我真的來了。雖然我曾經帶團去馬賽村，卻是第一次的私人行程，而且是隻身造訪。因此，我渾身緊張，根本無法回應他的笑容。前往村莊的車上，傑克森很驚訝我幾乎不說話，忍不住問我：

「妳上次很健談，今天怎麼都不說話？」

到達埃內波爾克魯姆村後，發現長老率領所有村民來迎接我。

他們每個人都向我伸出手。握手是馬賽族人打招呼的基本方法，遇到長輩時，可以伸出頭，讓對方摸自己的頭，但我第一次見到他們，根本不知道該伸手還是伸頭。只能仔細觀察對方動作，再決定怎麼做，終於和三十名左右的村民都打了招呼。

然後，他們為我舉行了盛大的歡迎會。村民準備了茶伊（甜奶茶）和汽水款待我和司機奇亞馬。他們還宰了一頭羊，請我們吃肯亞式烤肉娘瑪巧瑪。

對馬賽族人來說，為了歡迎客人宰殺他們珍貴的家畜是極其隆重的款待。他們的款待令我感到誠惶誠恐，也感受到農村的純樸和溫暖。

入夜後，村裡的男子都聚集在一起，在月光下一起吃飯。正當我和大家一起享受這愉快的一刻，長老緩緩地對我說：

「妳打算和這名年輕人用什麼方式交往，我們打算迎娶妳當他的二太太。」

太突如其來了。我請奇亞馬私下幫我去問傑克森招待我的用意，但沒想到長老搶先一步這麼告訴我，我和奇亞馬都嚇了一大跳。

二太太？所以，我要變成馬賽族人的媳婦？

我轉頭看著傑克森，他鎮定地對我微笑。

「真的嗎？」

「真的。」

他說，已經和大太太安歌依和村民討論過我的事。

我之前就知道馬賽族是一夫多妻制，也向來尊重他們的文化，所以聽到「娶妳當他的二太太」的要求並不會感到不舒服，卻對於他們願意接受我這個和他們的文化完全不同的日本人成為「馬賽族的媳婦」發自內心地感到驚訝。

傑克森認識我才不久，我作夢都沒有想到，他和我才見了兩次面，就打算和我結婚。

我能夠理解對身為馬賽族感到驕傲，遵守傳統規定和文化的傑克森，也很尊敬他，但我不認為他能夠理解和他在完全不同的環境下長大、生活的我。我在考慮自己去當二太太這件事之前，內心有更強烈的疑問：「我可以當馬賽族的媳婦嗎？」

「謝謝，我很高興，但工作是我生命的意義。我可以在工作的同時，成為馬賽族的媳婦嗎？」

事後聽傑克森說，他完全沒有想到我會問這個問題。我的生活環境和工作的確遠遠超乎他能夠理解的範圍。然而，他很溫柔地回答了我的問題。

「馬賽族維持傳統的生活，也尊重其他人的生活方式。如果妳希望在日本和奈洛比之間往返的生活，我不會阻止妳。身為馬賽族的媳婦，必須有自己的房子和家畜，但即使妳在奈洛比和日本繼續工作，只要假日可以回來村莊，結婚應該沒有問題。」

日後，他告訴我，雖然我提出「要繼續工作」的發言讓他嚇了一跳，但並沒有因此覺得兩個原本生活在完全不同世界的人不能結婚。

「我沒辦法馬上回答，我可以回奈洛比，和如同我父母般的朋友商量嗎？」

當時，我只能擠出這句話。

由鮮血和神明決定

那天晚上，我和傑克森坐在篝火旁，回憶起這一天所發生的事。這一切簡直就像是作夢，我實在難以相信。和我同行的奇亞馬為我感到高興（現在回想起來，他是唯一對我和馬賽族人結婚感到高興，並表示贊成的肯亞人）。

但因為太突然了，我很想和奇亞馬好好商量，但我想先整理一下自己的思緒。

我不發一語，注視著前方的熊熊火焰，不知道這樣過了多久。

「夜深了，妳先去睡吧，我會守在外面，以防動物靠近。」

傑克森帶我來到供我住宿用的帳篷前，我雖然躺了下來，卻遲遲無法入睡。

不一會兒，我聽到下雨的聲音。傑克森在幹什麼？我好奇地從帳篷向外張望，發現傑克森站在大雨中，渾身被淋得濕透。

「你幹嘛還站在外面？趕快進來。」

如果我睡著了，沒有發現他在外面淋雨，他可能會在雨中站一整晚。我之前遇到的那些厚臉皮的肯亞人，即使沒有下雨，也會理所當然地走進帳篷，對我毛手毛腳。

即使我叫傑克森進了帳篷，他也只是縮在角落，坐在那裡而已。他的君子風度更令我產生了好感。

我乾脆不睡了，決定問清楚內心的疑問。

「我們才見面不久，為什麼你就決定要娶我？」

「是血。在奇秋瓦・天波和妳聊天時，妳叫我去奈洛比時打電話給妳，但我等不了那麼久，結果就忍不住打電話給妳，去了奇秋瓦・天波。是我的血液促使我這麼做，是神計畫了一切。」

他直視前方，靜靜地回答我。

「你和文化不同的日本人結婚，不會感到不安嗎？」

「不會，我有信心。」

「你的大太太對你娶我這件事，有沒有說什麼？」

「她很贊成。」

吃飯時，我回答說「我沒辦法馬上回答」，但其實已經下了決心。我覺得沒有必要違抗自然的發展——。

我可以成為嚮往已久的馬賽族的一分子，這實在太美妙了，而且，他們答應我可以繼續工作，天下怎麼會有這麼幸福的事。我願意就這樣委身於他，但因為進展太快了，我內心還沒有整理出一個頭緒。

然後，他問我：

「那一次有八百名戰士（莫朗），妳為什麼會喜歡我？」

「雖然那時候覺得你很可怕，但還是很吸引我。」

「現在呢？」

「不會感到害怕了。」

我笑著回答，覺得一切就這麼定下來也無妨。我覺得似乎會很有趣，心情也突然平靜下來，可以客觀地認識眼前的情況。我對這樣的自己感到驚訝。

雨不知道什麼時候停了。翌日早晨，大太太安歌依提水到我的帳篷，讓我洗身體。

「如果妳和傑克森結婚，我會很高興，我相信我們會相處愉快。」

她的這句話深深打動了我的心，那一刻，我很自然地接受了自己成為馬賽族媳婦這件事，連我自己都感到驚訝不已。

其實，我對一夫多妻制並沒有偏見，只是對當二太太沒有真實感，也不太瞭解這件事所代表的意義。

但我從她的話中感受到「一夫多妻制就是家人增加了，所以很高興」這種馬賽族人純樸、純潔而又寬厚的心，頓時理解了這個制度的意義。好幾個女人同時支持一個受尊敬的男人，這樣的家庭很美好也很自然。

而且，她對「值得尊敬的丈夫挑選的人一定不會錯」充滿自信，願意接受我這個日本人當二太太。

她和傑克森結婚時也一樣，那時候她還不到十五歲，之所以決定結婚，就是因為「我信賴的父母幫我決定了」。馬賽族人這種建立在深厚信賴基礎上的愛，深深地打動了我的心。

我要嫁給馬賽族。雖然我已經下了決心，但還是對不是普通的出嫁，以及對馬賽族的社會是否真的能接受感到不安。越是靜下心來思考，就越覺得在工作的同時當馬賽族的媳婦不是一件容易的事。

馬賽族的媳婦真的有很多工作。除了普通的家事以外，還要去撿柴、汲水煮飯，連造房子、修補房子都是女人做的事。

雖說是汲水，但並沒有自來水，也沒有水井。雨季的時候，河流就在附近，一旦到了乾季，就要走去很遠的地方汲水，很多地方都因為乾旱而乾裂。於是，她們就要一邊走，一邊尋找水脈，挖土汲水。即使找到水源，也不是如湧的泉水，而是要很有耐心地汲取慢慢滲出的水。

造房子是另一件辛苦的工作。馬賽族的房子都用樹枝搭出框架，再用牛糞和泥土抹在外牆上，家人越多，房子就越大。以日本的住房情況來說，就是差不多三坪大的圓形小房子，家裡有床、碗櫃還有廚房，所有這些家具也都是用樹枝和泥土製作的。

當然，房子的格局並不複雜。基本上都是一個房間，最多兩個房間，為了採光，會設計一個小窗戶。他們之所以用牛糞，是因為使用身邊的材料，也有助於防止腐蝕。

由於土牆很容易塌，所以需要經常維護。尤其這一帶和半乾燥地帶的安伯色利等地區相比，雨水比較豐沛，因此平時的維護也很費工夫。只要一下雨，無論白天還是晚上，她們都要起來修補房子。

我根本沒辦法做這種事，即使我努力想要做這些工作，恐怕只會礙手礙腳，造成大家的困擾。

「妳只要做妳能力範圍的事就好，我會撿柴和汲水，妳可以做其他事。只要我們各做自己能力範圍的事，就可以協助傑克森。」

安歌依一副很理所當然的態度輕鬆說道，消除了我內心的不安。傑克森對於我無法做馬賽族媳婦的常規工作這件事也親切地笑笑回答說：

「我說沒問題就沒問題。」

不光是馬賽族，肯亞民族很團結，很有相互幫助的精神。我住在肯亞至今的生活中，也經常遇到這樣的情況，每次都覺得他們這種精神很棒。

來到這裡後，他們也接受我這個日本人成為馬賽族的一分子，願意協助我，安歌依還對我說，要我一起協助丈夫。她的寬大胸懷再度令我感動不已。

「總之，我會和妳一起去奈洛比，和妳說的代理父母見面。」

他值得信賴，我就聽從命運的安排吧。在傑克森這番話的催促下，我們一起前往奈洛比。

傑克森去奈洛比

我在肯亞的代理父母——其實就是我的好朋友早川千晶小姐和在肯亞住了三十多年的獸醫神戶俊平先生。

千晶小姐只比我大一歲，我在前面也曾經提到，遇見她是我落腳肯亞的契機之一，也是對我影響甚大的一個人。她已經在肯亞扎根，以自由撰稿人的身分向日本介紹肯亞的傳統和文化，無論對我的私生活還是工作都很理解，我把她視為我的「肯亞媽媽」，經常找她商量很多事或是發牢騷，談論我們必須做的事，以及馬賽傳統文化的美好，是我人生中不可或缺的重要朋友。

神戶醫生在山崎豐子女士的《不沉的太陽》中，也以兵庫獸醫的角色出現。他在一九七一年從日本來到非洲，流浪五年後，進入奈洛比大學的獸醫研究所求學，一九八一年獲得碩士學位，並獲得獸醫證書，成為肯亞第一位日本獸醫師。

之後，神戶醫生在奈洛比市區開獸醫醫院，從一九八六年開始，設立了馬賽族的家畜公益診療所，發現馬賽族的家畜受到孑孓蠅（tsetse fly）的嚴重危害，於是，就放棄在奈洛比的工作，正式展開公益治療和孑孓蠅的調查工作。

目前，神戶醫生不僅身為獸醫為馬賽族的家畜進行義診，還以一九九四年成立的NGO「非洲和神戶俊平之友會」的名義，積極投入野生動物保護、反對象牙國際交易運動，探討ODA（政府開發援助）開發事業導致對環境的影響，以及貧民窟、愛滋病和貧窮問題。

他充滿活力地投入各種活動的精力每每令人感到驚訝，我也受到他很大的激勵。無論對馬賽族還是我而言，他都像是父親。

千晶小姐和神戶醫生都曾經參觀了威諾德，當然認識傑克森，也知道我迷戀傑克森。最重要的是，他們很尊重馬賽族的傳統文化和習俗，他們一定會感同身受地和我討論嫁給馬賽族人這件事。當然，我把他們當作在肯亞的父母，所以，也認為有義務向他們報告這件事。

在我聲稱傑克森是我的「心靈戀人」時，他們都曾經笑著調侃我，他們應該難以想像在這麼短的時間內，事態有這麼急速的發展。如果他們知道我已經決心進入馬賽族的社會，不知道會有什麼反應。其實，我對這件事充滿了期待。

傑克森很少有機會到奈洛比這種大城市，他似乎也不想穿馬賽族的傳統服裝去大城市，所以，脫下傳統服裝，換上了開襟襯衫、長褲和鞋子的現代服裝。不知道是否因為習慣的關係，他手上還是拿著用來驅趕動物的棒狀武器「龍骨」（但之後來奈洛比時，就把「龍骨」留在村裡，可能知道根本派不上用場吧）。

他的旅行袋裡沒有換洗衣服，也沒有牙刷。在熱帶草原上，到處都有可以代替牙刷的樹木，他們可能認為其他地方也一樣吧。所以，他的旅行袋裡只放了一條披在身上的紅布「秀格」。

到了奈洛比，傑克森首先被擁擠的人潮嚇壞了。他生活的熱帶草原無限遼闊，奈洛比佔地面積大約有一百五十平方公里，以日本的感覺來說，就是在相當於大阪府堺市大小的城市，擠了超過兩百萬的人口，和他生活的世界完全不同。

在熱帶草原上，走路從來不需要為人讓路，應該永遠不會撞到擦身而過的人，而且，馬賽族人從來不會和別人並肩走路。即使他和我在村莊附近走路時，他總是頭也不回地往前走，當我們之間差不多拉開一百公尺後，他發現我沒有跟在他身後，才會停下來等我。

對傑克森來說，走在奈洛比的大街上是一件很辛苦的事，他無法把握和別人之間的距離，經常會撞到別人。平時他總是大步往前走，但在這裡，卻總是我走在他前面。偶然回頭時，甚至發現他茫然地停下腳步。

不可思議的是，他可以分辨森林中成群的樹木，卻覺得所有的建築物都一個樣。他在森林裡走路不會迷路，但在奈洛比，即使走了好幾次的地方，他仍然會迷路。可能是因為我們會不自覺地看招牌上的文字，記住建築物的特徵，但傑克森沒有受過學校教育，不認得字，所以，無法作為有效的資訊加以吸收。

敢於面對獅子的人卻在大城市感到徬徨，這種落差令我感到心痛。我忍不住暗自想道，是不是我勉強把傑克森拉進了自己的世界。

既然要結婚，就必須瞭解彼此的生活環境。我在做好成為馬賽族的媳婦這種心理準備的同時，也必須讓傑克森做好迎娶住在奈洛比的日本人為妻的心理準備。因此，必須讓他瞭解住在另一個世界的我的基礎上，判斷是否可以娶我為妻。

雖然是臨時決定，但還是覺得和傑克森一起來奈洛比是正確的決定。不巧的是，千晶小姐和神戶醫生剛好都出國了，兩天之後才會回來，這反而成為讓傑克森瞭解奈洛比生活的絕佳機會。

我帶他去參觀了地球上最大的巨象「瑪媚德」的模型、鮑氏南猿（Australopithecus boisei）猿人的化石、展示了《獅子與我（Born Free）》的作者喬依．亞當森（Joy Adamson）所描繪的民族畫和植物畫等珍貴展示品的國立博物館，以及成為奈洛比象徵的摩天大樓國際展覽中心等觀光勝地，也帶他去電影院看了好萊塢電影。

對傑克森來說，所有的一切都是初體驗，他認真聽我講解，生怕遺漏了什麼的認真表情也打動了我的心。看到這樣的他，我再度體會到馬賽族是「對自己的文化感到驕傲，也尊重其他文化」的民族。

於是，我教他最低限度的文字，以免他獨自走在街上迷路。只要他看得懂標識和建築物的名字，就不會迷路，也不會心慌了。

傑克森從來沒有握過筆，顯得不知所措。他甚至不知道怎麼拿筆，也不知道怎樣才能畫出直線。我這才想起小孩子第一次握筆時，往往無法畫出直線，寫的字也特別大，還會歪歪扭扭的。所以，即使大人第一次握筆會發生這種情況，也不值得大驚小怪。

我竟然沒有發現這種理所當然的事，對他不會握筆、畫線感到驚訝。我極度討厭這樣的自己，陷入了自我厭惡。傑克森絕對不會對我不會分辨森林裡的樹木感到驚訝，總是溫柔地引導我，我為什麼會感到驚訝？我在不知不覺中，把文明社會當成了理所當然的世界，我才應該更進一步瞭解馬賽族。

雖然時間很短，但我和傑克森共處的時間，讓我再度認識到我的世界和馬賽族的世界有著極大的差異。

回到奈洛比第三天。今天是出門採訪的千晶小姐和攝影師北川先生一起回來的日子。我和傑克森一起去機場迎接千晶小姐，因為她是我們這趟奈洛比之行的最大目的。

傑克森披上從村裡帶來的紅布秀格，完全是馬賽族人的打扮，我則戴上好幾串部落的女人送我的彩珠頸飾。他們看到我們的裝扮，一定會嚇一大跳。

原本很期待向他們報告這件很有震撼力的事，但在等待他們期間，這兩天所發生的事出現在腦海，我越發不安起來。我和傑克森住在完全不同的世界，我真的可以成為馬賽族的媳婦嗎？傑克森願意接受這樣的我嗎？馬賽族的社會真的願意接受我繼續工作嗎？

我把內心的不安告訴傑克森，他反問我：

「我完全沒有任何猶豫和不安，但如果妳因為不安難以下決心，見到千晶小姐和神戶醫生要說什麼呢？」

這時，千晶小姐和北川先生推著大行李走了出來。她在出境的海關那裡就看到我和馬賽族人站在一起，但作夢都沒有想到他是傑克森。

「我正在想，機場很少看到馬賽族人，沒想到是傑克森，真是嚇了我一跳。怎麼了？怎麼了？真紀！妳身上為什麼戴這麼多彩珠!?」

她的驚訝程度簡直就和漫畫情節一樣。

雖然有很多事要向她報告，也有很多事要找她商量，但我們還是決定先找一個地方好好聊，一邊吃飯，一邊向他們報告前後的經過。

不用說，他們兩個人都驚訝不已，同時，也由衷地為我感到高興。之前就很欣賞傑克森的北川先生說：「我真的很高興」，當場脫下手錶送給傑克森。

「既然妳還感到不安，再去見神戶醫生也沒有意義，我們再回去村裡和長老談一談。我父親已經上了年紀，但應該還可以溝通，妳去見我父親吧，希望可以消除妳的不安。」

在向千晶小姐和北川先生報告後，傑克森為了消除我的不安，這麼提議道。

思想傳統的長老和馬賽族的社會真的能夠接受我繼續工作，在奈洛比和村莊之間往返這種不尋常的夫妻生活嗎？雖然傑克森說：「我說沒問題就沒問題」，但我希望親自確認到底是不是真的沒問題。

再去拜訪村莊一次。目前只是向千晶小姐和北川先生報告我決定要結婚，但一切都從現在才開始，即使在奈洛比思考、煩惱也於事無補。等我消除內心的不安，下定決心要成為馬賽族的媳婦後，再向我視為在肯亞的父母親的千晶小姐和神戶醫生報告。

我向前跨了一步，希望下次可以對結婚這件事有更具體的規劃。

人生最大的決定

傑克森的父親已經隱居，住在離村莊有一段距離的地方。因此，傑克森還沒有告訴他父親結婚的事。由於他父親年事已高，無法立刻和我見面。

於是，傑克森先回去村莊，瞭解他父親的身體狀況後，我再決定拜訪的日子。而且，除了他父親以外，還要見一下傑克森一家的家長，也就是他大哥謝多拉克。傑克森和謝多拉克的年紀相差很大，所以，從小幾乎是他這個大哥照顧他長大的。既然這樣，我當然要去拜訪他。

一般來說，馬賽族人要結婚時，先由男方父母去向女方父母提親，由雙方父母事先溝通決定相關事宜，但因為我住在奈洛比，傑克森的父親根本不可能來奈洛比，所以，到時候應該由一家之長、也是長老的謝多拉克到奈洛比來提親。

打聽之下，才知道謝多拉克曾經接受學校教育，英語也很流利，而且，他的二太太貝洛尼嘉是馬賽族和佔肯亞人口百分之二十二的最大民族基庫尤的混血兒，她在地方都市納洛克長大，也會說英語。

他們在維持馬賽傳統的同時，也瞭解都市生活，我相信他們應該可以給我提供良好的意見，也可以回答我對於馬賽族的很多疑問。於是，我決定在奈洛比等待傑克森的聯絡。

十天後，我接到傑克森的通知，再度前往埃內波爾克魯姆村。這次我沒有包車，搭長途巴士後，還要再轉搭瑪塔多。

包車下去只要六個小時，如果搭大眾交通工具，從奈洛比到名為其爾哥里斯的城鎮要九個小時，再換瑪塔多到羅爾格里安村又要一個小時，再轉車搭到卡瓦依村要一個小時，從那裡到埃內波爾克魯姆村無車可搭，就連村民也要走八個小時。

我無法在危機四伏的野生動物棲息地行走，所以，就在卡瓦依村包了一輛車。中途換車很不順利，根本無法在一天之內到達埃內波爾克魯姆村，於是，我和來接我的傑克森在其爾哥里斯住了一晚。

傑克森的哥哥謝多拉克和他的二太太貝洛尼嘉也住在其爾哥里斯，和他們見面也是我們此行最大的目的。

我們立刻去拜訪他們，我說出了成為馬賽族媳婦的不安。他們很尊重馬賽族的傳統文化，卻在城鎮過著現代化的生活。尤其是貝洛尼嘉，她在教育四個孩子的同時，對做生意很有興趣，雖然已經年過三十，但仍然在讀美容學校，精力十分充沛。

貝洛尼嘉不是徹徹底底的馬賽族，而且是二太太，也有自己的工作，因此，我們初次見面時，我就對她產生了親近感。我相信她一定可以理解我的處境和我內心的不安。

謝多拉克也迎娶了很有都會作風的貝洛尼嘉作為二太太，應該可以向傑克森提供一些建議。他們夫妻對我們來說是多麼重要，他們很熱心地傾聽我的話。

看到傑克森的哥哥、嫂嫂的生活，我覺得即使生活在不同世界的我嫁進馬賽族，也沒什麼不自在。謝多拉克的大太太從來沒有離開過馬賽族的村子，是很徹底的馬賽族人。她遵守著馬賽族傳統的生活，二太太貝洛尼嘉在都市生活的同時，協助謝多拉克。謝多拉克和兩位生活方式不同的妻子共同生活了十幾年。

謝多拉克的生活雖然以都市為中心，卻沒有疏離馬賽族的傳統，也完成了所有成為長老的儀式。

親戚中有這樣的夫妻真的為我壯了膽，事後我才感到害怕，如果沒有他們，我真不知道該和誰商量。拜訪他們，和他們談話後，漸漸消除了我內心的不安和迷茫。

第二天，我們去拜訪了他們的父親（父親的失智症十分嚴重，幾乎不太能交談），當天晚上，在謝多拉克的大太太的傳統房子裡過了一夜。我曾經多次走進傳統房子，但第一次躺在鋪著牛皮的樹枝床上。

雖然經歷了這麼珍貴的體驗，我仍然沒有真實感。即使已經到了這一步，我仍然不覺得自己將走進馬賽族的傳統社會。

一切順其自然吧。無論代替傑克森家長的兄嫂，還有村裡的長老都說願意接受我，傑克森也說他沒有絲毫的猶豫和不安。傑克森的大太太安歌依也很高興我成為二太太。

既然我愛上了尊重馬賽族的傳統文化，對身為馬賽族感到驕傲的傑克森，就應該鼓起勇氣走進馬賽族的社會。我對結婚已經沒有任何猶豫和不安了。

回奈洛比之前，我和傑克森再度拜訪了謝多拉克和貝洛尼嘉夫婦，正式請他們日後來奈洛比見千晶小姐和神戶醫生。這是代表雙方父母同意這場婚姻的儀式，也就是提親。

我已經沒有退路了，我將成為馬賽族的媳婦。我對自己下了人生最大的決心感到滿足，傑克森送我再度回到奈洛比的生活。

聘金四頭牛

二〇〇四年五月三十一日。千晶小姐、神戶醫生、謝多拉克、貝洛尼嘉夫婦和傑克森一起來到奈洛比，在我家提親。雖說是提親，其實只是相互見一面，決定一些結婚事宜和婚禮大致的日期，但我們還是按照馬賽族的傳統，盡可能安排得比較正式。

對馬賽族人來說，這種提親儀式是在婚前再度確認當事人雙方、雙方父母的結婚意願，以免婚後發生問題。然後，確認相當於聘金的牛隻數量，以及結婚時的「約法三章」。

如果沒有做到「約法三章」，雙方家長要再度見面，討論今後的因應措施。馬賽族人幾乎沒有人離婚，但如果因為某種原因離婚時，妻子必須將丈夫送的牛和土地等財產歸還。

我方提出的條件有「不娶第三個太太」、「如果生下女兒，由她決定是否接受割禮」，最重要的就是我要「繼續工作」。

之所以會提出不娶第三個太太，是因為傑克森之前曾經對我說：「即使妳不幫我生孩子，我也不會因為這個原因再娶」，所以就將此列為一項條件。如果他說「也可能會娶第三個太太」，我應該不會列出這項條件。既然他這麼希望，我應該會接受吧。

但既然傑克森對我說：「我的妻子不會再增加，也不會減少」，那我就心存感恩地接受，在雙方家長前確認，作為一項保證。

馬賽族的男人只要有足夠的家畜和土地等財產，可以同時娶好幾個妻子。而且，並不是大太太可以分得較多財產，而是所有太太都平等。最近由於家畜的數量和土地減少，很少有人娶三個太太。傑克森的世代大部分人只娶一個妻子，娶兩個妻子的人越來越少。

關於另一個條件，也就是女兒的割禮問題是考慮到將來的可能性所提出的。男人的割禮有利於衛生，也可以避免包皮，因此，在非洲十分盛行。而且，無論對馬賽族還是其他民族來說，都是少年變成男人的一種儀式，所以，如果日後我生兒子，我也打算讓他接受割禮。

但女人割禮的情況不一樣，自古以來就只是為了代表服從丈夫的意思，如今已經沒有這種意識，只是為了延續傳統文化，他們甚至不知道世界各地的女性團體為什麼要反對割禮。

總之，女人接受割禮是馬賽族的文化，也許他們覺得不需要強迫我這個外國人接受，所以，沒有人要求我接受割禮。既然如此，我的女兒身上有一半的血液是日本人的，沒必要完全服從。當然，如果我女兒願意遵從馬賽族的文化，想要接受割禮，我也會尊重她的意願。總之，傑克森他們全盤接受了我提出的這些條件。

關於聘禮的問題，就是討論丈夫要送幾頭牛。丈夫不僅要送妻子牛，還要送給岳父和岳母。由女方提出希望的數量，再由男方決定。傑克森送我四頭牛，送千晶小姐和神戶醫生兩頭牛。

雖然只是形式，然而，一旦正式舉行了這樣的儀式，我突然緊張起來，覺得自己身負日本和馬賽族的責任。

照理說，在二〇〇四年五月提親後不久就要舉行婚禮，但因為我的導遊工作在七月到十二月剛好是高峰時期，所以延到翌年的二〇〇五年三月再進行。

提親結束後，我就正式成為馬賽族的媳婦。

周圍人對我的婚事反應各不相同。我在七月回日本工作時，向住在日本的母親報告了這件事。我和彼得的婚事也是先斬後奏，這次也是在所有事都決定後，才向母親報告。我知道母親可能無法理解，但我想應該不至於遭到反對。

回到久違的娘家，和母親聊了一陣子工作的事後，我緩緩開了口。

「我和彼得離婚後，對結婚完全沒有興趣，也無意再婚，但這次我想結婚了。妳猜我要嫁給誰？妳一定會嚇一跳。」

「妳啊，該不會和馬賽族人結婚吧？」

母親胡亂猜測，沒想到居然被她說中了，我反而嚇了一跳。我根本不知道母親也知道馬賽族的事。

「妳居然知道馬賽族的事。」

「我當然知道。」

「妳怎麼會猜到的？」

「如果對方是黑人，我早就見怪不怪了，妳說我會嚇一跳，我就想，該不會是馬賽族人。」

我把事情的來龍去脈告訴了母親，母親深有感慨地聽得津津有味。

「是嗎？真厲害，好有趣。」

母親的良好反應超乎我的想像，我忍不住告訴她原本不打算提起的一夫多妻制的事。

對我來說，當二太太並不重要，但總覺得日本人很難以理解，又怕母親會擔心，所以原本打算不提這件事。

「他已經有了大太太，所以要娶我當二太太。」

之後，我告訴母親一夫多妻制的必要性和好處，母親居然說：

「是嗎？這也難怪，那裡的環境和文化不一樣，一夫多妻制也沒什麼不好。」

母親的善解人意反而讓我有點擔心。

然後，我告訴曾經多次和我一起去肯亞的妹妹，她興奮地說：

「哇噢，妳要和馬賽族人結婚？太酷了。」

由於她知道馬賽族，所以更是驚訝不已。

無論我在日本還是肯亞的朋友，聽到這件事的反應幾乎都是——

「什麼？馬賽族？不愧是妳，我早就已經習慣了。」

「的確很像妳的風格。」

我成為馬賽族的媳婦，而且是當二太太這件事，似乎並沒有令我的朋友感到太意外。

唯一大力反對的是十年前，參加我帶的旅行團，去參觀當時我很熱中的貧民窟卡旺格瓦雷後，深受吸引，翌年就在肯亞定居的一位朋友。我和前夫彼得從熱戀到離婚的過程，她也都知道得一清二楚。

「真紀，妳到底在想什麼？妳和彼得當初就是因為成長的環境不同，所以價值觀也出現了差異，結果造成你們彼此無法瞭解，讓妳吃盡了苦頭。馬賽族人比彼得差異更大，你們生活在完全不同的環境，價值觀也不一樣，怎麼可能相互理解？」

她的意見完全正確。如果是以前，我會完全同意她的意見。和彼得交往時，我以為彼此都生活在文明時代，所以價值觀也一樣，絕對可以相互理解。當初原以為做得到，結果卻沒有做到，讓我格外生氣，幾乎每天都在吵架。

然而，這次的結婚對象是馬賽族，我們原本就生活在不同的世界，一開始就不認為彼此能夠相互理解，我不會試圖讓他理解，更不會要求讓他瞭解。正因為瞭解我們之間的落差有多大，所以才和以前的戀愛完全不一樣。

當然，傑克森的人品也是很重要的關鍵之一。因為他經常聽廣播中的新聞報導，可以說一口流利的斯瓦西里語，但因為我的斯瓦西里語並不是很好，我們之間經常會雞同鴨講。遇到這種情況時，傑克森總是很溫柔地安撫心浮氣躁的我，很有耐心地向我解釋。

我不能讓這麼好的人傷心，我不能像以前一樣，一味堅持自己的意見——他純真的態度讓我充分反省自己以往的作風。

事實上，我以往的戀愛都是在比輸贏。一旦無法如自己的願，就會試圖駁倒對方，也經常因為鬥嘴而吵了起來。因此，戀愛時，雙方經常都在鬥氣。雖然道理都知道，但在遇見傑克森後，我才第一次瞭解體諒對方的重要性。

馬賽族為自己感到驕傲，也很尊敬彼此。即使對方不是馬賽族人，是完全不同世界的人，他們這種待人處事的態度仍然不會改變。我甚至覺得他們的精神層次很高。

正因為他是馬賽戰士，我才會愛上他，由衷地感到不能因為一些低層次的事讓他痛苦、難過。

肯亞朋友的反應卻很冷淡，幾乎每個人都說：

「簡直難以相信，妳居然要和馬賽族人結婚。如果是受過教育的現代馬賽族人也就罷了，妳居然要和真正的馬賽族人結婚，太荒唐了，妳瘋了嗎？」

可見其他民族的人認為馬賽族很特別，肯亞人也很少和過著傳統生活的馬賽族人結婚，他們甚至難以相信我會和馬賽族人談戀愛。肯亞人對馬賽族人的瞭解比日本人更少，他們認為馬賽族是肯亞落後的象徵，覺得馬賽族的文化很羞恥。

有一次，一個肯亞朋友對我說：

「妳為什麼要和馬賽族人結婚？住在奈洛比的基庫尤族的男人不是更好嗎？我也想和日本人結婚去日本，妳可以幫我介紹嗎？」

在肯亞，這種事司空見慣。尤其走在貧民區卡旺格瓦雷時，許多人只要一看到我的臉，就會對我說：「我們來交往吧」或是「幫我介紹日本女朋友」。

他們嚮往現代西方文化，希望可以順利和外國人結婚，到海外發展。每次聽到這種話，我就很想大叫：「難道只要是外國人，誰都沒有關係嗎？你們煩不煩啊！」

馬賽族人絕對不會說這種話。姑且不論觀光馬賽族人，生活在傳統社會中的馬賽族人幾乎沒有物質慾求，不會因為對方是外國人，可以撈到什麼好處而主動接近。聽到肯亞朋友這麼說，又讓我想起了肯亞討厭的地方。

每次告訴朋友我要結婚這件事，就可以瞭解大家對馬賽族的看法。我還不知道自己和馬賽族人結婚有多麼重要的意義，但我希望可以身為馬賽族的媳婦，向日本人和肯亞人傳達馬賽族的優良傳統和文化。

我突然想起大太太安歌依說：「只要做自己能力範圍的事」這句話。決定結婚後，我開始認真思考自己嫁為馬賽族媳婦的意義，朋友聽到我要結婚時的反應，讓我有機會更認真地思考。

第5章
嫁給馬賽的日子

漸漸產生的疏遠感

二〇〇四年五月的提親後到婚禮，整整過了十個月。這段時間乍長還短，我經常利用工作之餘造訪埃內波爾克魯姆村。

雖然我可以持續以往的生活，但既然要嫁入馬賽族社會，就應該努力瞭解馬賽族的事。

馬賽族的一天從黎明開始。女人天還沒亮就起床去擠牛奶，為家人煮茶伊（甜奶茶）。然後要煮開水。由於馬賽族沒有城市家庭的瓦斯爐，所以，要先生火。如今火柴和打火機已經普及，為了避免浪費，必須很有耐心地調整火勢。幾十分鐘後，水才會燒開，在這段時間內，要隨時注意火力，避免火熄滅。

水煮沸騰後，放入茶葉，加入牛奶，再度沸騰後，加入大量砂糖，茶伊才終於完成。光是煮這壺茶，工作量就相當驚人。

茶伊煮好後，要把家畜從用圍籬圍起的飼養場裡放出來，檢查家畜的數量和健康狀況。男人這時才起床，喝女人已經煮好的茶伊，準備放牧。這時，女人也要忙著打掃房間，準備午餐，忙碌不已。而且，準備午餐要花很長時間。

馬賽族人平時都喝牛奶，早晨，從乳牛身上擠出牛奶後，放在葫蘆裡保存，經過兩、三個小時，會輕微發酵，變成優格狀。女人為了製作品質優良的優格，每天會燒一種名叫「奧羅依恩」的樹枝，點著火後，丟進葫蘆裡燒焦。於是，被炭烤焦的葫蘆中，就會有煙燻的香味。

大塚製藥的研究室曾經分析馬賽族人的這種優格，發現其中有名為「LP1」的植物乳酸菌和多酚類。LP1是京都的「柴漬」（譯註：京都的傳統醃菜，用紫蘇葉醃製的茄子）、韓國泡菜所含有的乳酸菌，第一次在優格中發現。這應該就是馬賽族人的健康來源吧。

除了優格以外，用牛奶的乳清煮野菜也是馬賽族人的主要菜色。有時候也會殺家畜補充體力，除了烤肉後沾鹽吃的肯亞式烤肉「娘瑪巧瑪」以外，還有以番茄湯燉煮成「卡朗嘎」，但只有在舉行儀式，或是有孕婦、病人、家中有客人上門等特殊的事，才可以吃到肉。

因此，在殺牛和山羊時，首先割喉放血後，大家輪流喝。腎臟、心臟等營養豐富的內臟類給孕婦和病人吃，豬肝給客人吃，並將血和藥草混合後塞入腸子，做成香腸，胃做成燉菜，骨頭和頭煮湯，將家畜的每一個部分都「物盡其吃」。尤其是山羊的膽汁和胃中殘留的未消化的草汁混合物可以有效預防瘧疾。

馬賽族人很希望每天三餐都可以有牛奶，但如今因為乾旱和土地減少，無法大量飼養牛隻，很多人只能用出售家畜的錢買米和肯亞的主食烏嘎利粉，煮成食物後食用。雖然飲食更加豐富，但對他們來說，因為要花錢，所以並不是好事。

吃完午餐，女人就要出門撿柴和汲水。回家後，再度擠牛奶，準備晚餐、修補房子，下午也有做不完的事。

一天的工作終於告一段落時，太陽已經下山，四周變得一片漆黑。最近，隨著油燈、蠟燭的普及，夜生活也拉長了，但女人為了避免資源浪費，通常在安排孩子入睡後，十點左右就上床睡覺了。

男人的主要工作是照顧家畜。出售家畜換取現金和去鎮上採買也是男人的工作，也就是說，只有男人才與外界有接觸。長老不是用勞力工作，而是運用大腦的智慧。部落內三不五時舉行長老會議，討論儀式的事、牛隻生病的事，以及如何解決和其他氏族的紛爭，總有討論不完的事。

傑克森也經常和同年代的男子一起聊他透過廣播聽到的新聞，因此，他們瞭解很多資訊，對肯亞的政治和國際情勢知之甚詳，也經常問我的意見。他們在維護傳統社會的同時，也很精通世界情勢，經常令我感到驚訝，也讓我受益良多。

每次看到他們的這一面，就再度認識到，有人認為他們落伍的看法大錯特錯。即使他們沒有受過教育，即使不認識字，也具備了豐富的知識。

馬賽族還有一個特徵性的習慣，就是男人和女人分開生活。即使是夫妻，吃飯、睡覺都不在一起，也不會一起洗澡。因此，我去埃內波爾克魯姆村時，經常和大太太安歌依和傑克森的母親一起生活。即使和她們在一起時，我也無法協助她們的家事，而且，她們聽不太懂斯瓦西里語，我經常只能看著她們做事，坐在一旁發呆。

於是，在男人沒有聚會的時候，傑克森就會體貼地帶我去森林，或是一起吃飯，盡可能和我在一起。因為我是外國人，所以才可以這麼做。

能夠近距離觀察祥和的馬賽族生活是很難得的經驗，但越是有時間思考，就越擔心我嫁入這個部落真的沒問題嗎？從客觀的角度來看，我和這裡的環境格格不入，無論我再怎麼喜歡傑克森還是馬賽族的傳統，都無法成為其中的一分子。越是深入馬賽族的生活，我越感到疏遠和隔閡。

馬賽族人認為平凡就是幸福，但傑克森迎娶我之後，他的人生會發生改變，想到他從今往後的人生很可能出現巨大的起伏，我不由地感到心痛，也有一種罪惡感。

二〇〇四年十二月，同時舉行了小孩子的割禮儀式、傑克森可以獨自喝牛奶的儀式和謝多拉克成為最長老的儀式（舉行儀式很花錢，所以經常會同時舉行好幾個儀式），我完全幫不上一點忙。這件事也令我十分沮喪。

雖然是男人的儀式，但女人有很多事要忙。我一方面不知道要怎麼做，更何況我一個日本人，根本沒辦法參與馬賽族的儀式。我可以推說我還沒有嫁給傑克森，可是看到大太太安歌伊張羅所有的事，覺得自己是無能而又派不上用場的妻子，實在很沒出息。想到很可能讓傑克森覺得臉上無光，就很同情他。

參加這些儀式後，我內心的疏離感越來越嚴重。

那時，傑克森的遠房親戚薩米艾爾來村裡作客，我有機會和他長聊了一下。雖然我已經決定結婚，但越瞭解馬賽族的傳統社會，越有一種疏離感，開始煩惱我真的可以成為馬賽族的媳婦融入他們的社會嗎？所以，能夠在這個時間點遇到瞭解馬賽族傳統社會又曾經就讀奈洛比的私立大學，畢業後也在奈洛比生活的他，真的十分幸運。我告訴他當時的心境，他首先告訴我目前馬賽族身處的環境。

馬賽族雖說維護傳統，但其實馬賽族的社會還是在逐漸變化。在環境方面，由於地球的溫室效應，導致降雨量銳減，原本到處是青草的熱帶稀樹草原也逐漸變成沙漠。

傑克森所居住的村莊埃內波爾克魯姆村雨水相對比較豐沛，可以光靠畜牧為生，但居住在奈洛比西方兩百二十公里的基爾格里斯（Kilgoris）一帶的人口過密地區的莫依塔尼克馬賽族和瓦修幾修馬賽族就無法光靠畜牧為生，有些馬賽族甚至已經有一半從事農業，這樣也可以自給自足。對馬賽族來說，放棄畜牧業等於放棄當馬賽族，因此，他們當初選擇農業，一定是下了很大的決心。

居住在坦尚尼亞的阿魯沙（Arusha）周圍的馬賽族很久之前就因為受政府獎勵而正式務農，因此，雖然他們會說馬賽語，但如今已經不算是馬賽族的一分子，而被稱為阿魯沙族。

就連埃內波爾克魯姆村也從幾年前開始不時出現嚴重的乾旱，牛和山羊等家畜都接二連三死亡，生病的家畜也越來越多，其他地區的受害情況應該更加嚴重。為了生存，只能處理那些家畜，改為務農，自己耕種食物。然而，對馬賽族來說，如果無法飼養他們視為財產的家畜，無法以此養活家人，即使住在傳統房子，身穿傳統衣服，也已經稱不上是馬賽族了。

在現代社會中，遵守傳統是一件非常不容易的事。因此，埃內波爾克魯姆村是目前難得靠畜牧為生的馬賽族，也是最後的正統派馬賽族。

隨著環境的變化，不僅生活方式發生了改變，而且也或多或少地受到了西方文化的影響。我在前面也曾經提到，馬賽族並不否定變化，相反地，他們積極吸收對自己生活有助益的事物，有越來越多馬賽族的村莊接受觀光客。

二〇〇三年在這裡舉行威諾德時，擁有手機的人還不多，但在二〇〇五年後，隨著手機通訊網的建立，轉眼之間就普及了，完成威諾德的高級青年中，有九成都有手機。

但他們仍然是馬賽族。即使不住在傳統房屋，即使不穿傳統的衣服，只要經營畜牧業，舉行傳統的儀式，他們就是堂堂正正的馬賽族人，絕對不會失去他們的驕傲。

薩米艾爾詳細告訴我馬賽族的定位，從他的話中也可以清楚地知道，馬賽族的生活並不是逆時代的潮流，而是隨著時代進行變化。這並不是值得悲觀的事，而是很自然的一件事。

「目前，馬賽族正處於巨大的變化，十年、二十年後將會有更大的變化。在這樣的時代背景下，傑克森選擇了妳，我相信這是一件很有意義的事。妳既瞭解傳統的社會，也瞭解現代社會，可以發揮橋樑作用，一定對馬賽族有幫助。我認為妳會發揮十分重要的作用。」

薩米艾爾認為，馬賽族人應該為我和他們完全不同感到高興，我要扮演的不是普通的馬賽族媳婦這樣的角色，而是在馬賽族和現代社會之間進行溝通的角色。他的話給了我很大的勇氣，同時，我也更深入思考自己在馬賽社會中必須承擔的責任。

一夫多妻制的意義

在我經常往返埃內波爾克魯姆村的同時，傑克森也數度造訪奈洛比。他來到他並不喜歡的奈洛比令我十分感恩，也讓我感受到他的愛。

但他從來沒有對我甜言蜜語，說「我喜歡妳」或是「我愛妳」之類的話。而且，馬賽族人不習慣肌膚之親，他也從來沒有摟過我或是和我接吻。

我從書上看到馬賽族表達愛情的方式和性生活都很平淡，對這件事本身並沒有疑問，但老實說，那時候，和傑克森相處時，我不知道如何確認彼此的愛意。

隨著逐漸瞭解馬賽族的社會，和傑克森相處的時間越來越長，我慢慢瞭解了他們愛的方式。對他們來說，「愛」就是「信賴」，其中完全不摻雜西方那種你儂我儂的肌膚之親，男人和女人甚至不會一起並肩走路。這和我至今為止所瞭解的愛的方式完全不同。

他們相互尊重，彼此信賴，生活在一夫多妻制中。雖然傑克森並沒有特別表示什麼，但和他一起生活後，我發現他對我的愛和對大太太一樣，也完全信賴我。

「信賴」這兩個字說起來容易，在我以往的戀愛中，深刻體會到要真正做到信賴有多難。無論是法國的前未婚夫還是前夫彼得，都可以面不改色地說謊，所以，我根本不可能信賴他們。事到如今，也無從得知他們到底有沒有信任我，至少我沒有這樣的感覺，所以我們才會經常吵架、逞強。我以為戀愛就是論輸贏，所以總是在「諜對諜」，最後把自己累慘了。

和傑克森相處時，完全沒有這種不安和辛苦。那是因為就像他信賴我一樣，我也尊敬他、信賴他。

如果非要說出馬賽族表達愛情的方式，也許可以用家畜的數量來計算。男人送女人家畜，就是他們表達愛情的方式。

所以，馬賽族人結婚時，如果大太太和二太太獲贈的家畜數量不同，兩個女人就會反目成仇。傑克森的哥哥謝多拉克就屬於這種情況。他是因為土地分配不公造成兩位太太不和，他送給二太太貝洛尼嘉的土地和房子都比較好，導致大太太嫉妒貝洛尼嘉，兩個人反目成仇。

如果無法平等分配家畜和財產，就代表沒有平等愛兩個女人。每次看到謝多拉克，就知道經營一夫多妻制也不容易。

馬賽族男女之間的距離和西方人、日本人的距離完全不一樣。身為男人和女人的態度、男女的關係也不一樣，嫉妒的方式當然也不一樣。大太太和我的立場和功能完全不同，所以不會彼此嫉妒。

比方說，如果傑克森只送我家畜，大太太安歌依應該會嫉妒；如果馬賽族表達愛情的方式是濃情蜜意的肢體接觸，我可能會想像「他是不是也這樣對安歌依」，產生嫉妒。

然而，馬賽族完全沒有這種愛情表達方式，當我和傑克森在一起，或是開始接吻，安歌依應該完全不會有任何想法。

相反的，即使傑克森送很多家畜給安歌依，我對這種愛情表達方式完全沒有興趣，所以也不會嫉妒。由於我們的需求不同，無法成為競爭對手，我相信我們日後也不會彼此嫉妒。

正因為我瞭解馬賽族的這種愛的形式，所以才會很自然地接受一夫多妻制。

然而，西方人，尤其是基督教徒難以理解。有的西方人和馬賽族結了婚，但他們徹底否定一夫多妻制。一位和馬賽族結婚的西方人對我說：

「妳怎麼願意當二太太，我絕對做不到。」

這令我感到十分驚訝。

我並沒有特別意識到自己當二太太這件事，只覺得我是嫁給傑克森為妻，願意接受馬賽族的社會。所以，並沒有特別在意當大太太還是二太太這件事。

西方人為什麼這麼在意一夫一妻制？我想，歸根究柢，還是因為嫉妒。

雖然他們能夠理解馬賽族愛情的方式，但他們在生理上無法接受丈夫同時和好幾個女人有性行為。西方人的性文化很濃烈，也許正因為這個原因，使他們的佔有慾特別強烈。可以說，這種愛的方式和馬賽族愛的方式南轅北轍。

瑞士的柯琳・霍夫曼（Corinne Hofmann）自傳小說《馬賽戀人》在全世界創下三百萬冊暢銷量，其中也提到了馬賽族和西方性文化的差異。

她在肯亞旅行時，對馬賽戰士一見鍾情，拋棄一切下嫁給他。一開始，她對馬賽族的性文化充滿疑惑，但她教導馬賽族丈夫性愛的樂趣，她的丈夫漸漸染上了她的色彩。隨著他們的性愛西方化，丈夫的嫉妒發展到異常的程度，他們的婚姻維持了四年，最後，她帶著和他生的孩子逃回故鄉瑞士。

當然，她不願意深入瞭解馬賽族的文化，半強迫對方接受自己國家的習慣這種做法也有問題。事實上，除了和她丈夫之間的關係以外，在日常生活中還發生了許多問題。由於是從霍夫曼的角度所創作的小說，無法瞭解馬賽族人是怎麼看她的，但她丈夫的改變很有真實感，也令人感到害怕。

其實不光是性愛問題，無論在任何方面，知道的事情越多，就會萌生新的感情。

傑克森和我結了婚，以後也可能會發生改變。雖然現在難以想像，可是，日後一旦和傑克森的性生活感到樂趣無窮，我或許會對大太太產生嫉妒。傑克森也可能想要束縛我。當馬賽族隨著時代的潮流改變時，他們表達愛情的方式也可能發生改變。事實上，在小木屋度假村工作的馬賽族人或許經常看到西方人不顧周圍人的眼光，有密切的肢體接觸，所以，和馬賽族以外民族的女朋友和妻子相處時也會接吻。

雖說我瞭解馬賽族表達愛情的方式，但越是喜歡傑克森，我就越希望和他有肢體的接觸。我經常想，如果可以被他擁入懷中，不知道是多麼幸福的一件事。我希望可以像普通的男女情侶一樣接觸，身旁有這樣一個帥哥，卻不能和他接吻，實在是暴殄天物。我經常暗自這麼想。

不知道我們的愛情表達方式日後會發生什麼改變，但我希望至少可以經常接吻。這是我目前微不足道的夢想。同時，也對他感到不安，很擔心我們的關係會因為受西方文化影響而發生改變。

「男女關係的西方化將導致嫉妒的西方化」——這是我最近得出的結論。因此，我既不希望我的「接吻夢」只是夢而已，但也同時感到害怕。

煩惱不斷的性生活

我很樂於瞭解馬賽族的生活習慣、文化和愛的形式，可是，越瞭解馬賽族的社會，越感受到彼此世界的不同，覺得傑克森離我很遙遠。

他們是靠信賴這種精神的愛結合，我追求的是肉體的愛，我和他們的層次相差太大。即使廝守在一起，即使舉行婚禮後成為正式夫妻，馬賽族和外國人之間的鴻溝恐怕一輩子都難以填補。即使可以瞭解、尊重彼此的文化，也無法徹底瞭解。

大太太安歌依是馬賽族人，她和傑克森可以相互瞭解。我對她雖然沒有嫉妒，但還是感到很羨慕，也很落寞。

有一天，我忍不住對睡在我身旁的傑克森說：

「你離我這麼近，我卻覺得你很遙遠。」

傑克森很溫柔地說：

「我不知道妳的想法，但妳屬於我，我也屬於妳。」

如果是一般的情侶，一定會摟著我的肩膀，讓我安心，但他當然不會這麼做。

然而，我經常覺得「雖然你屬於我，卻不屬於我」，也許，他甚至連我的這種想法也難以理解。雖然他愛我，我卻有一種好像在單戀般的痛苦。即使成為馬賽族的媳婦，我將一輩子帶著這份孤獨，想到這裡，就有一種難以言語的寂寞。

還有一個新的煩惱，那就是我們之間性文化存在著差異。雖然不至於像西方人和馬賽族之間差異那麼大，但日本人和馬賽族之間的性文化也大不相同。

對馬賽族來說，性行為除了傳宗接代以外，只是男人追求快樂的手段，根本不是男女確認愛情的雙向行為。馬賽族的人甚至不知道女人也可以從性愛中獲得快樂。

馬賽族人的性慾求、興奮也和我們的反應不同。我原本以為世界各國的男人都一樣，看到衣著暴露的女人都會感到興奮，但傑克森看到這樣的女人，都很認真地問我：

「奈洛比這麼冷，她們衣服的布料為什麼這麼少？是因為太窮買不起布嗎？」

馬賽族男人眼中的漂亮女人不是擁有美貌和曼妙的身材，而是取決於身上彩珠的多寡。大部分肯亞人認為女人的乳房是屬於小孩子的，只有熟悉西方文化的一小部分年輕人才會對女人的乳房產生興趣。對性感的標準差異這麼大，反而令人感到有趣。

我和傑克森第一次在奈洛比過夜時，他問我的第一個問題就是「妳會生孩子吧？」我就心想：「對馬賽族人來說，性愛果然只是生兒育女的行為」，但因為我對馬賽族的性文化有一定的瞭解，所以並沒有太錯愕。

我能夠和他在一起令我感到興奮，被認為是淡而無味的性生活也不至於那麼差，所以，我可以冷靜地想：「原來這就是馬賽族的性愛。」

既然性愛是生兒育女的行為，一旦有了孩子，就不再需要性愛。如果是這樣，我希望暫時不要生孩子。我把這種想法告訴了嫂嫂貝洛尼嘉，她聽了哈哈大笑。原來，對馬賽族人來說，性愛不光是傳宗接代而已，那只是我的誤會。

以前，傑克森曾經問我：「妳還沒有懷孕嗎？」

我回答說：「如果不是在適當的時機做，就不會懷孕。原本我們是下個星期見面，但見了面也沒有意義，所以改成下下個星期吧。」

他笑著說：「我來見妳不光是為了生孩子，所以還是下個星期見面吧。」

既然這樣，他們的做愛到底是為了什麼目的？傑克森回答說：「是生理需求。」

但他不會培養氣氛，做愛時也只碰觸我一小部分的身體，進入我的身體後，一下子就結束了。這樣反而挑起了我的情慾，我希望我們的身心都可以充分結合。

我不是追求西方人那樣濃情蜜意的性愛，但至少希望雙方都可以感到滿足。性愛是彼此確認愛情的行為，對馬賽族人來說，性愛並不包含這個要素。因為他們表達愛情的方式本來就沒有肌膚之親，所以，這也是很理所當然的事。

如果是日常生活中的事，我可以接受這是彼此文化的不同，但性生活是夫妻生活中很重要的一部分，我不希望因為馬賽族的文化如此就輕言放棄。如果傑克森很自私，我或許可以責備他，但這是性文化不同造成的差異，我不知道該如何向他解釋。

我當然不可能和馬賽族的女人討論這種事，她們應該無法理解我在說什麼。況且，不光是馬賽族，就連肯亞人都認為討論性愛問題是禁忌。

於是，我去找嫂嫂貝洛尼嘉商量。她在都市生活，應該瞭解西方人的性文化，而且，她本身是生活在現代社會中的肯亞最大民族基庫尤族和生活在傳統社會的馬賽族的混血兒，應該也曾經為和馬賽族丈夫之間的夫妻生活煩惱。

向她打聽後，發現她讓謝多拉克看了各種A片，讓他逐漸適應西方的性文化。雖然他們剛開始也曾經不適應，但如今對夫妻生活的不滿越來越少，在日常生活中也經常親吻。他們的經驗成為我很大的參考。

於是，我立刻向住在奈洛比的朋友借了A片準備和傑克森一起看，沒想到借來的內容太糟糕了。如果是普通的內容，或許他還願意接受，但當時我借到的日本A片是變態內容，也就是所謂玩3P。

我對馬賽族和自己之間的差異認識不足，導致邀傑克森看A片的時機也太早了。我以為雖然層次不同，但任何文化圈的男人都會對A片產生興趣，沒想到傑克森表現出極度的厭惡。

「他們不穿褲子，簡直就和動物沒什麼兩樣，難看死了，好噁心。」

他的拒絕態度超乎我的想像。那天早晨，他回去部落後，我陷入了自我厭惡，覺得自己太膚淺了。

我居然為了自己的私慾，玷污了一個純潔的人。我口口聲聲說要維護和珍惜馬賽族的傳統，其實卻是在破壞，勉強他接受一些他根本不需要瞭解的事。我太過份了。他一定會討厭我，一切都完了──我因為後悔和自責淚流滿面。

傑克森卻好像根本不以為意，每次換車時都打電話給我。我做了這麼過份的事，他卻完全不責備我，反而令我更加痛苦。我陷入了自我厭惡，一定要好好向他道歉。當我心情平靜下來後，在電話中向他道歉，他笑著回答說：

「我才不會因為這種事討厭妳。」

然而，這次的事件成為我和他在性生活方面的心靈創傷，之後，我即使會主動和他有肌膚之親，也不敢討論性生活的事。

結婚後，我才終於告訴傑克森自己對性生活的看法。當時，我並不是向他抱怨對性生活的不滿，而是希望他瞭解馬賽族以外的人對性生活的想法。

傑克森一定作夢都沒有想到女人會和他談性生活這種閨房事，但他沒有輕視我，也沒有指責我，只是很努力地瞭解我想表達的意見。

對於性生活的時間太短這件事，他也說：

「一旦進去，我只能撐這麼久，也不可能馬上來第二次，那我盡可能增加前戲的時間吧。」

在此之前，他根本不知道女人也可以在性生活中得到快樂，所以，我很高興他能夠設身處地為我著想。

不要著急，只要讓他慢慢瞭解我就好。不僅在性生活的問題上，要瞭解一個完全不同的世界，的確需要慢慢花時間。越是瞭解，越發現其中的差異，所以，即使著急也沒有用。欲速則不達，而且這樣會更加令我產生罪惡感和孤獨感。我感謝傑克森接受我，也努力和他一起展望未來。

嫁妝四個葫蘆

傑克森在埃內波爾克魯姆村向我求婚的一年後，雙方家長討論，決定我在二〇〇五年四月九日嫁入馬賽族。

回想起來，在我下定決心成為馬賽族的媳婦的這一年期間，我在肯亞的人生發生了戲劇性的變化。如果是幾年前，我根本無法想像自己會和馬賽族有這麼密切的關係。

我對這場婚姻沒有猶豫，但不安仍然揮之不去。即使如此，我仍然無意放棄，也沒有之前幾次戀愛時那麼逞強。

二月的時候，傑克森的哥哥謝多拉克、嫂嫂貝洛尼嘉和我在肯亞的代理父母神戶醫生、千晶小姐再度見面，舉行婚禮前最後的婚前式，也就是日本人說的訂婚儀式。

這並不是一場形式化的儀式，而是以最後確認我的代理父母神戶醫生和千晶小姐可以獲贈的牛的數量，以及婚禮日期等事務性事宜為主。當具體工作逐項進行時，我越來越深刻體會到自己將嫁為馬賽族的媳婦這件事。

婚禮時，新娘必須準備馬賽式的婚紗，還有四個葫蘆、熱水瓶和杯子之類的嫁妝。新娘只要準備婚禮時的必要物品和最低限度的生活必需品。

婚紗要由新娘的父母準備，但日本人不知道怎麼製作馬賽族的婚紗，於是，就由代理母親千晶小姐負擔材料費，委請嫂嫂貝洛尼嘉代為製作。

婚紗是縫了彩珠的豪華布斗篷和裙子，還有使用大量彩珠的頭飾和頸飾。馬賽族視頭飾為美麗的象徵，新娘應該盡可能戴大量彩珠飾品，唯一的缺點，就是頸飾越豪華，份量就越重。而且，我的脖子很短，我在婚禮當天戴的彩珠量應該只有其他新娘的一半。即使如此，我仍然感到沉重不已，婚禮結束時，脖子都受傷了。

我為參加婚禮的客人準備了贈禮。其實，馬賽族並沒有這種習慣，但我想另外再舉行日式的婚宴，而且也想送禮物給千里迢迢趕來參加婚禮的賓客。

我想挑選和馬賽族有關的禮物，於是，決定把小型版的馬賽頸飾裝在畫框裡作為禮物，但在肯亞做東西，成品很少會按照原訂的尺寸，而且我要準備幾十個，其中有些頸飾太大了，裝不進畫框，或是有些畫框歪了，完全無法讓我滿意。

婚宴的前幾天，賓客就等不及了，紛紛開始聚集。稱為「馬尼亞塔」的傳統部落內有好幾棟房子，除了結婚的那戶人家，其他家庭也會一起款待來自遠方的客人。馬尼亞塔外的廣場上燒起巨大的篝火，大家圍著篝火載歌載舞到深夜。

婚禮前一晚。這一天，新郎和由新郎好朋友擔任的伴郎，還有新郎父母、數名長老一起去新娘的娘家迎親。新郎和新郎父母要聽新娘的父母說一番長篇大論，才能把新娘娶回家。之後，新娘的朋友和家人就在當天舉行慶祝結婚的喜宴。新娘的親朋好友無法參加在新郎村子裡舉行的婚禮。

這次我母親和很多親朋好友都從日本遠道而來，所以就要求特別通融，讓新娘的親朋好友也可以參加婚禮。當然，對馬賽族的人來說，婚禮當天是神聖的儀式，雖說是新娘的親人，也絕對不能在婚禮時叫新娘或是大聲說話，只是以參觀婚禮的角度見證這場儀式。

婚禮的前一晚，新郎一行人也都住在新娘娘家的村莊，新郎則住在新娘家。這一天就是結婚初夜，按照傳統，新娘要和新郎還有伴郎一起睡。

在兩個世代前，只要有客人造訪，這裡的人就會獻上自己的太太作為最佳的款待。因此，和好朋友分享心愛的新娘這種習慣也不值得大驚小怪，但我還是不敢領教。

結果，因為我是外國人，所以他們也沒有勉強我，我鬆了一口氣。但日後認識伴郎時，發現他的帥氣絲毫不比傑克森遜色，讓我覺得有點扼腕……。

我娘家在北九州，目前我幾乎都住在奈洛比。因此，就把最靠近埃內波爾克魯姆村的小木屋度假村奇秋瓦．天波當作我的娘家，迎接新郎一行人。

馬賽族人從埃內波爾克魯姆村走到奇秋瓦．天波大約一個半小時，對他們來說，並不算太遠的距離。聽說以前迎娶遠方的新娘時，經常要連續走好幾天迎親。

為了準備在當天晚上舉行的婚宴，我一大早就忙得不可開交。很多朋友都千里迢迢來參加婚宴，接待工作讓我疲於奔命。

正當我忙碌之際，旅館的服務生來通知我，馬賽族的人已經到大廳了。那時已是傍晚，我和千晶小姐慌忙一起去迎接，發現從頭到腳都是馬賽族禮服的一行人出現在那裡。他們看起來既高貴，又莊嚴，我和千晶小姐看得目瞪口呆，呆然地站在原地。

「這不是開玩笑，更不是遊戲，不是兩個當事人相愛就結婚這麼簡單的事。」

當然，在決定結婚後，從他們在做準備工作時的認真態度，我就已經深刻瞭解這一點。我也是用認真而嚴肅的態度面對這場婚宴。

然而，因為忙於婚宴的準備和接待客人，所以，在看到他們之前，完全忘記自己是婚宴主角的新娘，以及接下來將面臨的一切。

「真紀，這真的不是開玩笑。」

千晶小姐被他們的氣勢嚇到了，流著淚，語帶顫抖地說道。

我真的要成為馬賽族的媳婦了！我在被拉回現實的同時，一下子緊張起來。婚宴馬上就要開始了，我突然嚴肅起來，趕緊換上了新娘的衣服。

新娘邀請的五十位賓客正坐在已經變成婚宴會場的小木屋度假村的餐廳內，隨時等待婚宴開始。

我請在鄰國坦尚尼亞的桑給巴爾島（Zanzibar）經營別墅旅館的朋友三浦砂織小姐擔任婚宴的司

儀。坦尚尼亞也說肯亞的公共語斯瓦西里語，桑給巴爾島的斯瓦西里語發音特別優美。

斯瓦西里語由非洲原住民所使用的班圖（Bantu）語和阿拉伯商人的阿拉伯語結合而成。「斯瓦西里」在阿拉伯語中代表「海岸」的意思，以前，阿拉伯商人稱東非的海岸地區為「斯瓦西里」。坦尚尼亞漂浮在印度洋上的桑給巴爾島就是「斯瓦西里語的誕生地」。對馬賽族人來說，第一次聽到砂織小姐清澄的斯瓦西里語，很適合在肯亞的婚宴。

首先由新郎新娘的傑克森和我、他的親屬、伴郎進場，也請專門在飯店表演馬賽族舞蹈的馬賽族舞者跳舞。我們配合他們的歌聲，踩著左、左、右、右的馬賽族獨特步伐入場。

入席後，代替新郎母親的一位馬賽族媽媽在我的脖子上套上鎖鏈，這就相當於婚戒。

之後，馬賽族的幾位長老送給我的代理父親神戶醫生蜂蜜酒和長老的手杖，送我母親和代理母親千晶小姐布匹。

這些新郎方面對新娘方面進行的儀式結束後，接下來就完全是日式婚宴。對傑克森來說，無論乾杯和切蛋糕都是第一次，但他還是有樣學樣地完成了。

傑克森雖然完成了相當於成人式的威諾德儀式，但還沒有完成結束進入長老世代的儀式，還不算是長老。雖然他早就成人，但在馬賽社會中，還不算正式的成年男子，還不能喝酒。所以，傑克森拿起乾杯用的香檳微微沾了一口，就把杯子放下了。

不一會兒，賓客開始熱鬧起來。有人開始唱斯瓦西里語的翻唱歌，也有的唱日本歌，也有人在跳舞，最受歡迎的就是日本導遊朋友唱的〈松健森巴〉。看到他們穿著浴衣，載歌載舞地表演，馬賽族的朋友無不捧腹大笑，用力鼓掌。

當告訴他們，浴衣是日本的傳統服裝時，他們更加興趣十足，並善意地解釋說：

「日本和馬賽族很像，日本人也和馬賽族一樣，喜歡自己國家的傳統文化。」

雖然〈松健森巴〉被說成是日本傳統文化似乎有點牽強，但畢竟是喜慶的場合，這種小事就不必介意了。

婚宴進入尾聲時，司儀砂織小姐讓喜歡唱KTV的我也有唱歌的機會。我不好意思唱婚宴時經常唱的那種感情豐富的歌，選了一首和婚宴毫無關係的歌〈鋸齒心的催眠曲〉。

我很擔心傑克森看到我又唱又跳的樣子會有什麼想法，看到他捧腹大笑，我總算鬆了一口氣。

雖然是日本式的婚宴，但傑克森和其他馬賽族人都樂在其中。

第二天早上十點就要前往埃內波爾克魯姆村。砂織小姐為熱鬧不已的婚宴結束收尾，我帶來自遠方的客人到房間休息後，頓時感到筋疲力盡。雖然我還沒有真實感，但結婚儀式的第一步已經完成了。

不知道是不是因為太激動了，即使躺在床上，也久久無法入睡。兩家的代理父母，傑克森的兄嫂謝多拉克和貝洛尼嘉，還有神戶醫生和千晶小姐也一樣，大家討論著嫁為馬賽族媳婦的日本人將如何參與馬賽族的社會？對馬賽族而言，最重要的是什麼？日本人想要珍惜的是什麼——我們聊著這場婚姻所衍生的意義，一直到深夜。

最令人印象深刻的就是千晶小姐問貝洛尼嘉：

「在馬賽族眾多的文化中，最重要的是什麼？」

我認為這是生活在傳統社會中的馬賽族最根本的問題。貝洛尼嘉回答說：

「對馬賽族來說，最重要的就是尊重長輩、有道德觀和尊重馬賽族的傳統文化，即使無法實踐馬賽族所有的文化，也要充滿敬意。」

我是日本人，不可能完全實踐馬賽族的文化和生活。這種自卑即使在婚禮的前一天晚上仍然沒有消失。然而，我對馬賽族的傳統文化充滿敬意。她這番話是為我明天嫁給馬賽族餞行，也是必須銘記在心的重要話語。

望向窗外，發現外面下起了雨。

不知道明天的天氣如何。對馬賽族來說，婚禮是神聖的儀式，不可能像今天的婚宴那麼歡樂。我在緊張的同時，也感到期待。

我聽著雨聲，終於進入了夢鄉。

嫁給馬賽的日子

到了早上，雨仍然沒有停。

肯亞的一年大致分為雨季和乾季兩大季節，再根據降水量和氣溫進一步細分，將一、二月稱為大乾季，三～六月稱為大雨季，七～九月為小乾季，十～十二月為小雨季。

四月適逢大雨季，在奈洛比時，這個季節冷得讓人心煩。然而，對馬賽族來說，這是為乾燥的熱帶草原帶來雨水的美好季節，是上天的恩惠。大雨季時，熱帶草原上一片綠油油的，野生動物也十分活潑。小乾季的七～八月是以狩獵旅行為主要目的的觀光旺季，大雨季雖然會造成交通不便，但可以看到很多活潑的動物，也是很富有魅力的觀光季節。事實上，雖說是大雨季，但並不是一天二十四小時都在下雨，基本上都是傍晚下到早晨，白天通常都是大晴天。

因此，這天到了原本應該出發的十點左右時，雨仍然沒有停，在這個季節是很難得的現象。如果雨下得小一點，還可以冒雨出發，但雨勢一直很強，我們做好出發準備，決定繼續觀察一下。

正午的時候，雨終於停了。重頭戲終於拉開了序幕。原則上，必須遵照馬賽族的規定進行。準備出發時，才知道我走出房間時，也要遵照傳統的規定，除了代理父親神戶醫生以外，還需要一位日本長輩送我出嫁。

我毫不猶豫地拜託了特地從日本趕來出席婚禮的攝影師北川先生。回想起來，如果沒有北川先生拍的那些照片，我根本沒有機會和傑克森重逢，而且，北川先生隔著鏡頭，發現在參加威諾德時一臉可怕表情的傑克森真正的人品。

儀式開始了。北川先生和神戶醫生拉著手，做成一個拱門，我鑽過他們雙手拉起的拱門，走出房間。神戶醫生說著祝福的話，把牛奶倒在我腳邊。神戶醫生不愧是和馬賽族相處了三十年的老手，即使高難度的長老角色也難不倒他。

之後，在馬賽長老的帶領下，新娘隊伍靜靜地開始出發。來自國內外的賓客站在小木屋度假村的大廳兩側歡送我們，我必須帶著悲傷的表情走過他們面前。新娘到達新郎的村莊，完成所有的儀式之前都不能笑，也不能說話，更不能回頭。

以前，很多新娘都來自遠方。於是，出嫁對新娘來說，等於永遠都見不到家人，很多人都是嫁給一個根本不瞭解的陌生人。所以，比起結婚的喜悅，內心有更多的不安和悲傷。我聽說傳統習慣規定新娘必須露出悲傷的表情，但我相信實際上也有很多新娘是真的感到難過。

照理說，新娘隊伍要走到傑克森他們的村莊，但對包括我在內的日本人來說，在熱帶草原上走一個半小時太遙遠了。以我們的速度，應該要走兩個多小時。

於是，我們事先和馬賽族長老商量，決定搭車到村莊附近，再從那裡走去村莊。新娘隊伍總共有十輛車，在熱帶草原上行駛的車陣應該十分壯觀，絲毫不比下車後新娘隊伍的陣仗遜色。

因為前一天下雨的關係，在乾季時完全沒有問題的路況差得超乎想像，簡直就像在水田裡開車。

每次從無線電中聽到「後續車的電池出了問題」、「卡進泥巴裡了」的消息，就很想回頭一探究竟，但絕對不能回頭，也不能說話。對我來說，簡直是一種折磨。

終於來到村莊附近，新娘隊伍開始徒步走到村莊。來自日本的參加者穿著雨鞋，跟在長長的隊伍最後。這一幕看在當地人眼中或許會覺得很滑稽。

中途，一名馬賽族媽媽把樹葉塞進我的腰帶，把樹枝交到我手上。聽說這是「早生貴子」的意思。

走了一陣子，許多長老和女人唱著歡迎的歌，從村莊裡走出來迎接我們。長老和女人的紅色衣服被雨後翠綠森林襯托得格外好看，我雖然是這一行人的中心，但不由地在內心覺得，如果可以遠遠地欣賞眼前的景象，不知道該有多美。

總算到了村莊，新娘首先要在馬尼亞塔入口遲疑。於是，一名馬賽族媽媽就告訴我：

「妳公公說要送妳牛。」

新娘聽到這句話，才可以勉強走進馬尼亞塔。

這是新娘最後的矜持，也是為了提升自己的評價所進行的一種儀式。

然後，新娘再度在家門前駐足。於是，另一名馬賽族媽媽說會送我山羊，我再度勉強答應走進家門。

第三次要在家裡的床前停下腳步，又有另一名馬賽族媽媽說要送我山羊。

最後第四次時，馬賽族媽媽叫我用葫蘆喝牛奶。那個葫蘆是我準備的四個葫蘆的嫁妝之一，在這個儀式中也是重要的道具。我再度遲疑，又有其他的馬賽族媽媽說要送我山羊。我終於拿起葫蘆喝牛奶時，長老叫我喝四口。

遲疑四次，喝四口牛奶，準備四個葫蘆——對馬賽族來說，四是幸運數字。不知道是否為了吉利，每個動作都要做四次。喝牛奶的儀式很像是日本的三三九度（譯註：日本婚禮時，新娘和新郎各分三次喝完三杯交杯酒）。這麼一來，我終於正式被娶進門了。

長老告訴我，可以開口說話了。我說的第一句話就是：「好熱！」由於狹小的傳統房屋內擠了好幾個人，屋內十分悶熱。

來到屋外，婚宴已經開始準備。男人正在馬尼亞塔外的神聖肉類烹飪區奧爾普爾，把為婚宴而宰殺的牛剁成小塊。馬賽女人不得走進奧爾普爾，但外國人不是馬賽族人，所以，來參加的日本女人也可以入內參觀。

在馬賽族的村莊，只要遇到婚禮等喜慶場合，就會拚命吃肉，但這次可能意識到有外國來的賓客，所以準備了一些馬賽族人不會做的、比較都市化的肯亞料理。

由於是以馬賽族為主體的儀式，日本人是特別獲准參加的，所以，我事先討論時，曾經再三叮嚀不需要特別為我們安排什麼，但顯然他們還是費了心。他們特地從城鎮請來廚師下廚，而且，本地出生的現任移民局局長康契拉先生也來參加，成為一場盛況空前的婚禮。

儀式一結束，傑克森立刻去屋外招呼客人，他的柔軟身段令所有日本人都感到驚訝。就連肯亞朋友也說他對馬賽族男人的印象改觀了，可見傑克森真的比其他馬賽族更勤快。

馬賽族女人本來就習慣和男人在不同的地方吃飯，所以，很少會出席主要的宴席，這次也只有代理傑克森父母的幾名馬賽媽媽同席。因此，新郎必須親自扮演招待客人的角色。

看到他勤快的樣子，我再度為和他結婚這件事感到自豪。

受賜的名字

那天晚上，部落的長老為了幫我取名字，聚集在一起舉行了冗長的會議。

馬賽族人一生要換四次名字。男人在出生時會取少年期的名字，在割禮前有少年期的名字，還有戰士時代的名字，以及最長老時代的名字。眾長老會分別取符合各個世代的名字，但戰士時代的名字並不是長老所取，而是自己或是朋友取的。

傑克森向我解釋命名式時，才告訴我說，他的「傑克森」這個名字並不屬於其中的任何一個，是為了他的哥哥謝多拉克的同事，也是其他民族的人方便叫他的名字，所以才取了這個暱稱。

我之所以叫他傑克森，是因為我第一次問他叫什麼名字時，他這麼回答我。的確，對外國人來說，暱稱比馬賽語的名字更親切，也更容易叫。

他在少年時代的名字叫「楊多」，戰士時代的現在叫「奧雷．那雷約」。在得知他名字的由來之前，我一直以為傑克森是他的教名，而不是暱稱。但其實他並沒有改變宗教信仰，仍然信仰可以稱為非洲風土教的馬賽族獨特的民族宗教。

除了馬賽族以外，許多民族的人也都會為自己取一個容易叫的名字。在請他們寫本名時，經常不知道該叫哪一部分的名字，他們的暱稱也往往和本名完全不同。

馬賽族男人的名字中經常有「奧雷」這兩個字，代表「兒子」的意思。傑克森的名字「奧雷・那雷約」直譯就是「那雷約的兒子」。那雷約是他母親的名字。

女人也有出生時取的幼少期的名字、割禮前的少女時代的名字，在出嫁當天，由眾長老授予身為妻子的名字。兒子施行割禮時，長老會幫母親取最後的名字。所以，女人一輩子也有四個名字。

出生時，登記在身分證等證件上的名字不會改，但在馬賽族的社會，邁入不同的世代後，都會有一個新的名字。改成符合那個世代的名字，可以讓當事人產生長大成人的自覺——這應該就是其中的意義。

對我來說，這當然是我的第一個馬賽名字。我和傑克森，還有伴郎在沒有燈光、漆黑一片的狹小房間內，等待長老會議結束。

「儂格克娃。這就是妳的名字。」

長老莊嚴的聲音突然響起。

「神給了妳這個名字，妳擁有這個新名字後，將會懷孕，和妳丈夫一起生兒育女，成為牛的母親，成為馬賽族的母親。和我們，和牛一起生活，和小孩子一起生活。祝福新娘和孩子，感謝神。」

長老在隔壁房間大聲祝福。接著，用低沉的聲音呼喚了四次我的新名字。我聽到後，立刻回答。

「儂格克娃。」「有。」

「儂格克娃。」「有。」

「儂格克娃。」「有。」

「儂格克娃。」「有。」

之後，長老向神祈禱，和其他在同一個房間內等待的男人，以及在另一個房間等待的一群女人合聲高唱。四名長老再度重複。幾十個馬賽族人見證這次的命名式，長老的聲音在肅穆而緊張的氣氛中響起。

神聖的氣氛讓我差一點嚇到了。我從來不知道接受名字這麼神聖。獲贈這個名字的沉重，讓我渾身緊張起來。

命名式結束後來到屋外，發現早晨下雨的天空萬里無雲，滿天的星光閃爍，難以想像目前正值雨季。屋內十分悶熱，戶外的空氣沁涼清澈。

其中一名長老指著西方的地平線附近閃爍的星星說：「那就是恩格克娃星」。在日本稱為「昴星」的這顆星星對馬賽族而言也十分重要。

馬賽族靠觀察星星動向掌握季節。進入四月的大雨季時，恩格克娃星就會靠近西方地平線。當這顆星沉入地平線時，就會打雷，風起雲湧，下起大雨。那個季節就叫做「儂格克娃」。幾個月後，恩格克娃星會再度從東方升起。

目前的大雨季是大家都翹首盼望的季節——雨是來自神明的祝福，長老告訴我這個名字的由來。

打雷後降下大雨，這種激烈簡直就是我的寫照。我想起長老在婚禮致詞時說：

「這場婚姻是讓我們活得更好的絕佳機會，希望大家可以一起學習，一起生活。能夠遇見日本人，成為一家人生活在一起是莫大的幸福。」

在不斷湧入的西方文化潮流中，他們能夠維持傳統簡直就是奇蹟。馬賽族人從今往後將在如何維持尊嚴的情況下，保護傳統的生活和文化。他們也感受到了危機感。

他們對我的期待令我激動不已。

翌日，舉行了確認傑克森送我的四頭牛，並塗上自己記號的儀式。所謂自己的記號，其實就是拿起熱騰騰的牛糞塗在牛背上。如果牛站在原地不動還好解決，但有時候會逃走，要追著牛把牛糞丟在牠身上並不是一件容易的事。而且，黏黏的牛糞經常黏在手上，甩都甩不掉。

這個儀式後，塗上記號的牛就是我的牛，平時由傑克森負責管理。由於我不會親自照顧，根本不覺得是屬於自己的，但還是對擁有自己的牛這件事感到高興，也稍微能夠體會馬賽族的人對牛的感情。

除了傑克森送我牛以外，馬賽族的人也送我牛和山羊作為結婚賀禮，但並沒有登記，只是口頭約定而已。日後，傑克森會去向對方拿回當初約定的牛羊。

馬賽族人最喜歡的結婚賀禮就是牛和山羊，送牛和山羊的人也最受到尊敬。從他們用「送牛的人」、「送山羊的人」這種特別的方式稱呼對方，就可以知道家畜的賀禮與眾不同。除了家畜以外，通常都是送餐具或茶壺等家庭用品。

日本朋友中，有人說希望送可以受到尊敬的禮物，所以就送我們牛和山羊，但對日本人來說，要去市場選優良的家畜比登天還難，於是，就根據一頭牛兩萬先令（約三萬圓），一隻山羊約兩千先令（約三千圓）的行情，包一個相當於購買家畜費用的紅包。由於夫妻財產是分開的，因此，賓客送的賀禮也分別計算，屬於各自的財產。

在牛身上塗記號的儀式結束後，終於為從前天夜祭開始舉行了三天的婚禮畫上了句點。一般來說，新娘為了熟悉部落和丈夫，四天不能出村。這是因為現在仍然有很多新娘和新郎沒有經過戀愛，在結婚當天才第一次見面，所以需要四天的時間相互瞭解。

我必須為回日本的母親和朋友送行，於是，請求網開一面，讓我翌日回去奈洛比。

「再見。」

傑克森送我們上車。即使我們結了婚，他仍然和以前一樣，不會上前擁抱我，只是輕輕握手道別。

然後，他沒有目送車子離開，就轉身大步走回家。馬賽族人的離別很乾脆，如果是以前，即使知道這是他們的習慣，仍然覺得很難過，但我驚訝地發現自己居然已經習慣了。

明天開始，我將繼續在奈洛比生活。然而，昨天的我和今天的我已經不同了。完成神聖婚禮的安心和成為馬賽族媳婦的自覺——。從今往後的人生將和以前大不相同，我帶著這份期待和不安離開了。

第6章

新生活的開始

建造房子，成為妻子的證明

身為馬賽族的妻子，我必須做的事——就是擁有家畜的財產和建造房子。

「妳繼續工作沒有問題，但身為馬賽族一員，必須有自己的房子和家畜。」傑克森向我求婚時也曾經這麼說。這是他們的傳統，於是，我決定立刻建造房子。

馬賽族的夫妻財產分別管理，因此，夫妻分別擁有各自的財產。不光是馬賽族，肯亞的夫妻財產都採取分開制，很多夫妻甚至不知道對方的收入情況。即使妻子的收入比丈夫多，也不需要太在意，很少有夫妻因為這樣的問題吵架。

馬賽族的房子屬於妻子的財產，大太太和二太太分別有各自的房子，必須自行管理。丈夫輪流住在妻子家生活。對丈夫來說，雙方都是自己的家人，但大太太和二太太不會住在同一個屋簷下。

婚禮時，傑克森送了我四頭牛，長老和其他女賓客也送了我牛和山羊。雖然我不是自行照顧，但由傑克森幫忙，應該不是問題。然而，房子必須由我自行張羅。

我當然不可能像馬賽族女人一樣自己蓋房子，而且，我並不是定居在部落，而是在奈洛比和部落之間往返，不可能住在經常需要修補的傳統房子。如果在長途奔波後，終於回到可以鬆一口氣的地方，卻要忙著修補，無法好好休息，也未免太悲哀了。而且，難得回到家裡，看到家裡變得破破爛爛也很痛苦。

即使再怎麼喜歡馬賽族的文化，我畢竟已經習慣了現代文明的生活，鋪著牛皮的木床對我來說太硬了。建房子的地點也很重要，如果建在飼養家畜的飼養場旁，蒼蠅和跳蚤也是一大煩惱。既然要造房子，當然希望是一個可以吸引我想經常回來的空間。

馬賽族的人並不是特別喜歡住在傳統房子裡，只是不覺得討厭。對大部分馬賽族來說，只是因為附近沒有其他民族，他們沒有機會瞭解什麼是舒適的房子。即使他們知道，在就連畜牧也很難維持的貧困地區，根本不可能花大錢造房子。

埃內波爾克魯姆村很適合畜牧，和佔肯亞人口百分之十二的最大民族之一的卡蘭津族（Kalenjin）的村莊相鄰。

因此，包括埃內波爾克魯姆村在內的這一帶，都是以草葺屋頂的卡蘭津式房子為主。建造馬尼亞塔舉行儀式時，都會建造屋頂也是使用泥土的傳統房子，但在儀式後，就會作為聚會場地、公民館等公共活動空間，日常生活以更容易居住的、挑高天花板的草葺屋頂房子為主。

建造房子時，由馬賽族的女人自行造牆，屋頂則交由卡蘭津族的工匠負責。埃內波爾克魯姆村可以花錢請人蓋房子，可見在馬賽族中也算是經濟條件相當優渥。

婚禮之後，在四名雙方代理父母的參與下，討論我要在哪裡建房子。

埃內波爾克魯姆村比其他村莊的土地遼闊，無論團體還是個人都正式登記，長老謝多拉克一族擁有廣大的土地。即使問我想住在哪裡，由於選擇範圍太大了，讓人難以判斷。當我猶豫不定時，兄嫂謝多拉克和貝洛尼嘉提議住在他們家附近。

他們會說英語，住在他們家附近應該很安心，遇到情況可以立刻找他們商量。我很感謝他們的提議，一看傑克森，發現他似乎有難言之隱，但或許不敢反對如同父親般的兄長，所以並沒有提出反對意見。

「我想和傑克森單獨商量一下。」

由於傑克森的反應和平時不一樣，我決定單獨和他聊一下，瞭解他到底有什麼問題。我們是夫妻，即將建造的房子也是他的新居，我希望雙方都很滿意。

「如果謝多拉克和貝洛尼嘉經常在家，的確很讓人安心，但他們經常出門，家裡常常沒有人，妳又不常在家，想到日後還是要由我來管理，就覺得離我活動的範圍要走三十分鐘的距離太遠了。即使發生什麼事，既不能立刻趕到，也不能馬上回家。我會尊重妳的要求，但我希望盡可能建在我可以管理的地方。」

我認為他的意見合情合理。兄嫂是根據自己的經驗，認為我最好住在離大太太安歌依家有一點距離的地方，但傑克森認為離太遠反而不方便。

我希望住在手機通話正常的地方，可以隨時接到工作方面的聯絡，盡可能遠離飼養家畜的地方，以避免蒼蠅和跳蚤。我有自信可以和安歌依和睦相處，所以並不討厭住在她家附近，但問題在於她家旁有很多家畜。同時，我希望地面和牆壁是水泥造的，避免經常需要修補，為了可以儲存寶貴的雨水，還要使用鐵皮屋頂，並裝上水箱，所以，我希望可以和安歌依的家稍微保持距離。

同樣是傑克森的妻子，如果房子相差太大，可能會引起安歌依的反感。雖然我也可以為她造一棟和我一樣的房子，但我的經濟能力有限。

當我把內心的這份不安告訴傑克森時，他回答說：

「如果是我幫妳造的房子就會有問題，既然是妳自己出錢造的房子，就完全不必在意。」

商量之後，我們決定建在傑克森活動的範圍內，遠離飼養場的地方。這麼一來，也不必在意和安歌依之間的距離。雖然兄嫂有點不悅，但傑克森似乎很高興我考慮到他的意見，臉上露出高興的表情。

我在建造房子時，最大的考量就是避免蒼蠅和跳蚤滋生。如果房子不夠舒服，回部落就會變成一種痛苦。

傳統房子的地面只是普通的泥土，食物和牛奶經常會灑在地上，這會引來蒼蠅，所以，我家的地面要用方便清掃的水泥地。

如果房子沒有窗戶，家裡黑漆漆的也是跳蚤滋生的原因，因此，我的房子盡可能設很多窗戶，使家中光線明亮。

日本人的一天有很多時間都在家裡，所以習慣家裡佈置得舒適一點，但他們一天幾乎都在戶外，並不覺得家裡需要佈置得太舒適。

而且，我一天晚上會被跳蚤叮兩百個地方，他們除了小孩子以外，幾乎很少被跳蚤咬。可能是我們的皮膚構造不同吧，既然這樣，我再怎麼努力，也不可能和他們一樣住在傳統的房子裡。

關於水的問題，由於我在非洲生活了相當長的時間，至少可以像肯亞人一樣用少量水洗澡和洗碗，但馬賽族使用的水量極端地少，兩者無法相比，我應該無法做到像馬賽族人那樣的省水生活。

他們每天要花三十分鐘左右去森林裡汲取全家人用的二十公升水，乾季的時候，甚至要挖河底，等待水慢慢滲出來。為了確保我每天需要的水量，必須去汲好幾次水，我不習慣汲水，絕對會因此腰痠背痛。因此，我裝了鐵皮屋頂積水。

如果只是短短幾天，我應該可以配合馬賽族人的生活方式，但如果一輩子持續這種生活，不久之後就會感到厭煩。我和馬賽族的生活方式畢竟不同，文化也不一樣，正因為他們瞭解這一點，所以不會指責我住和他們不一樣的房子。

婚禮翌月的五月，我去附近城鎮的市場買了建築材料，包了一輛車運到埃內波爾克魯姆村。水泥、鐵皮、水箱等總計約二十萬圓。在傳統的馬賽族村莊，如果用貨車運來堆積如山的建築材料，就代表妻子很無能，也很擔心別人以為我像暴發戶一樣在炫耀，所以覺得很丟臉，但這也是無可奈何的事。

我委託城市的建築工人為我造房子。由於我想要建的房子在附近沒有樣本，所以我畫了示意圖，需要能夠瞭解我意圖的人來建造。

客廳、客房、我們的房間、廚房——由於沒有電力，每個房間都要設置採光窗。下水道設備太麻煩，所以只能放棄廁所。和馬賽人一樣在住家附近解決，把每次的排泄物埋進地裡應該沒問題。

整體的結構仿照傳統房屋，盡可能避免稜角。馬賽族人認為惡魔住在稜角裡，所以都會建造圓形（嚴格來說是橢圓形）的房子。

第一次建造自己的房子令我興奮不已，除了要用排雨管將鐵皮屋頂的雨水引到水箱以外，整體結構並不複雜。這是一棟不需要精密設計圖的小平房，所以我也不認為會花多少時間，和建築工人討論後，他們說可以在年內完工。

然而，現實是殘酷的。即使過了原本預計的完工期十二月，房子連一半都沒有蓋好。原因在於建築工人無法在這裡久住。

部落裡沒有城市裡的那種商店，沒有餐廳，更沒有酒吧。既沒有電，也沒有水，工人沒有飯店可住，只能住在帳篷裡。在鄉下地方，即使收工後，也沒有放鬆的去處，更無法玩樂，那些來自城市的工人無法忍受。我第一次請的工人只做了一個星期就逃走了，第二次請的工人一個月只工作一星期。每次我發脾氣他們就耍性子，比之前更加拖拖拉拉。

肯亞的生活節奏很慢，即使在城市，公家機關的人也懶洋洋的，支付水電費往往要花半天的時間。一些大型工程從開工到完成居然要花費超過十年的時間，但在肯亞，他們視這種慢節奏為美德，所以很多事都無法如願進行。

由於我瞭解肯亞的這些情況，再加上這棟房子總共才花二十萬，所以，我也做好了心理準備，但看到開工後一年才完成了七成，傑克森也開始著急了。

在房子還沒有著落之前，我還不算是馬賽族的媳婦。我每次去村莊時，只能住在兄嫂家或是用來舉行儀式的傳統房子，因為不是自己的家，難免有很多顧忌，也無法住得安心。傳統房子位在飼養場附近，蒼蠅吵個不停，晚上睡覺時會被跳蚤叮得滿身包，而且奇癢無比。

我希望早日在這片土地上擁有自己的房子。一旦有了自己的房子，在部落停留的時間也會增加，在這裡的生活也會和以前不一樣。

之後，我向傑克森施壓「在房子建好以前，我暫時不回部落」了，請他協助督促，房子終於在開工的一年半後完成了。接下來就等我們慢慢適應了。

婚姻無法受到認同？

我們按照馬賽族的傳統舉行了盛大的婚禮，但肯亞除了這種傳統婚以外，還有多種結婚方式。基督徒通常都在教堂舉行婚禮，我和前夫彼得結婚時，是公證結婚。這是不舉行傳統婚和教堂婚的夫妻選擇的結婚方式，用這種方式結婚時，需要辦理一些手續。

首先，夫妻雙方都要去戶政機關登記結婚，戶政機關會在名為「Notice Board」的公佈欄上公佈「○○先生和△△小姐決定結婚，有異議者請提出」一個月。如果一個月內沒有人提出異議，戶政機關處才受理結婚登記，在戶政機關人員的見證下舉行簡單的婚禮，核發結婚證書。

這些結婚方式都需要花錢。除了傳統婚、教堂婚以外，公證結婚也要在提出申請時繳付手續費，因此，經濟不寬裕的人乾脆不舉行婚禮，也不去公證結婚。只要周圍的人認同，即使不是法律上的夫妻關係，事實婚也會受到認同。這有點像日本的同居。

舉行教堂婚時，教堂會頒發結婚證明，但舉行傳統婚時，如果不去戶政機關就不會頒發結婚證書。也就是說，教堂婚是法律承認的結婚，但傳統婚並非法律承認的婚姻。無論婚禮再盛大隆重，如果不去戶政機關申請，就和事實婚沒什麼兩樣。

如果是肯亞人和肯亞人結婚，這當然不會有任何問題。因為他們連出生都不去報戶口，很少有人特地去登記結婚。

肯亞人一輩子只能申請一次出生證明，因此，再度申請需要花費龐大的時間，也要花很多錢賄賂。

我和前夫彼得結婚時，曾經被出生證明搞得人仰馬翻。在日本登記結婚需要戶籍謄本，和外國人結婚時，需要相當於戶籍謄本的出生證明，而且不接受影本。我們試圖多次向日本戶政機關的人說明肯亞出生證明的制度，但對方還是無法理解，只能把彼得唯一的一張出生證明交了出去。

也就是說，只要日本的戶政機關不歸還給彼得，他就沒有出生證明，這將對他今後造成很大的問題。

傑克森和大太太安歌依結婚時是傳統婚，當然沒有去戶政機構登記，但我是外國人，想要留在肯亞，就必須登記結婚，才能申請結婚簽證。

一般的觀光簽證只能停留三個月，如果在肯亞工作，需要申請工作簽證。最近這幾年，外國人申請工作簽證越來越難，申請延期也很難。如果有結婚簽證，申請工作簽證就會相對比較方便。因此，我一定要申請結婚簽證，必須辦理手續複雜的結婚登記。

肯亞的法律不承認重婚，但傑克森和安歌依沒有登記結婚，由二太太的我提出結婚登記完全沒有問題。我們去了城鎮的戶政事務所登記結婚，沒想到即使我們已經舉行過傳統婚禮，仍然無法得到承認，必須像一般的公證結婚一樣公告一個月。

當初參加婚禮的當地首長和公務員也幫我們證明「他們已經舉行過婚禮，應該沒有問題」，對方卻一味主張「這是規定」。無奈之下，我們只好繼續等一個月。

一個月後，當我們再度來到戶政事務所，對方卻說，雖然大太太沒有辦理結婚登記，但我是二太太是不變的事實，所以他們無法承認重婚。怎麼會有這麼荒唐的事……！我不瞭解既然法律上沒有問題，為什麼無法承認？早知道我就隱瞞我是二太太這件事。然而，一切都為時太晚了。

我千方百計尋找是否有其他解決的方法，最後得知只要向法院申請，就可以拿到結婚證書。於是，我拿著向日本大使館申請的離婚證明和單身證明，以及參加傳統婚的市長和市議會議員的證明向法院申請，終於拿到了結婚證書。

但事情還沒有結束，我去移民局申請結婚簽證時，對方說，除了日本的離婚證明和單身證明以外，還需要肯亞的離婚證明。我當時的簽證是和前夫結婚時的結婚簽證，所以要先取消那次的簽證。

申請肯亞的離婚證明極其麻煩。首先，肯亞不存在協議離婚，如果不是由夫妻某一方告上法院，離婚就無法成立。不知道是因為肯亞有很多天主教徒，所以不輕易接受離婚，還是如果離婚太方便，會導致離婚率大增。總之，即使夫妻雙方想要圓滿分手，也無法輕易完成離婚手續。

因此，在肯亞辦理離婚手續至少要三年，但我和彼得已經在日本離了婚，雙方都再婚了。

我向律師請教後，他告訴我，最快兩個月，最多半年就可以拿到離婚證明。然而，我興訟已經超過半年，至今還沒有拿到離婚證明。肯亞賄賂橫行，偏偏法院不接受賄賂，這點令人感到痛苦。

如果彼得可以回肯亞和我一起去戶政機關跑一趟當然最理想，但日本太遙遠，事情沒這麼簡單。因此，請彼得幫我寫了目前住在日本，無法來肯亞的理由，以及同意離婚的證明。

萬一這種方法不行，只好刊登「尋人啟事」找彼得，如果沒有任何回應，就代表沒有問題，但在報紙上登廣告很貴，我盡可能不想用這種方法。律師費已經花了將近十萬圓，如果繼續拖下去，恐怕會花更多錢。

其實我只是想住在肯亞，用和彼得的結婚簽證居住在這裡也沒有任何問題，但總覺得不自在，如果彼得以後想帶現在的太太回肯亞，也會遇到相同的問題，所以我希望可以盡快解決。

最可憐的就是傑克森。在此之前，他幾乎從來不和公家機關打交道，所以很驚訝和外國人結婚要辦理這麼多手續。他為自己居然不知道這件事很受打擊，好久都不願開口說話。

在戶政事務所辦理這些手續時都用英語，而且，那些公務員用「你怎麼連這種事都不知道」的輕蔑態度對待傑克森。所以，我想他所受到的打擊也許是基於自卑感和疏離感。

當初是傑克森選擇和我這個外國人結婚，所以，我希望他可以瞭解這件事所代表的意義，以及和外國人結婚這件事需要多麼大費周章。

我在無數傳統儀式和生活習慣中，深切地感受到自己的無力，以及和馬賽族之間的距離，總覺得好像這一切是在測試我到底可以和他們多接近。我認為這是選擇和馬賽族人結婚的我必須面對的考驗。我相信各式各樣的糾葛和煩惱將伴隨我一輩子。同樣地，我也希望他面對和外國人結婚才會遇到的考驗，並努力加以克服。

不過，傑克森和我結婚不久就被捲入這麼麻煩的事還是很可憐。這些資料和手續對馬賽族的生活毫無意義，但他仍然努力瞭解這些事。

和我們的新居一樣，申請簽證也要花費漫長的時間。我和傑克森還需要一段時間才能成為名副其實的夫妻。

蜜月旅行，第一次見到大海

在房子和結婚手續陷入瓶頸的二〇〇六年一月，我和傑克森利用忙碌之餘去海岸地區的蒙巴薩度蜜月。馬賽族沒有度蜜月的習慣，但我希望讓傑克森見識一下大海。

對生活在內陸地區的馬賽族人來說，應該一輩子都沒有機會看到大海，很多人甚至連湖泊都沒有看過。因此，我很期待看到他的反應。

蒙巴薩是擁有肯亞第二大人口的最大港灣都市，以前曾經是和阿拉伯商人貿易昌盛的城市，有很多伊斯蘭教徒住在那裡。街道上清真寺等白色建築林立，散發出一種阿拉伯風情，和同樣是都會的奈洛比完全不同，難以相信都是肯亞這個國家中的城市。沿海有許多高級海灘休閒地和私人海灘，許多白人觀光客和肯亞的有錢人都來這裡度假。

奈洛比有直飛蒙巴薩的班機，對傑克森來說，一下子搭飛機的刺激太強烈了。雖然也有長途巴士，但這次我們決定搭傑克森初體驗的列車前往。

從奈洛比到蒙巴薩約兩個小時，每週有三班傍晚七點出發的列車，臥舖車的設備很齊全，價格也很合理，許多遊客都會搭火車前往。我立刻預約了二等車的小包廂座位。

當天，列車比預定時間晚了兩個半小時才出發。在肯亞，列車算是相對準時的交通工具，但因為列車太老舊，經常會發生故障。等待出發時，我告訴傑克森有關鐵路的歷史以及殖民地時代的事。

十九世紀後期架設的這些鐵路是英國殖民地政策的一個環節，並不是對肯亞的貢獻。當時，英國和最大勢力的馬賽族簽定了條約，開始建造穿越馬賽族放牧地的蒙巴薩－維多利亞湖－烏干達之間的烏干達鐵路。

之後，他們將原本設在蒙巴薩的殖民地行政當局轉移到奈洛比，為了徵求農地，轉移到奈洛比北部的肥沃高地。那裡原本是馬賽族居住的地區。在白人剛入侵殖民時，馬賽族很強盛，但之後因為霍亂、天花等疾病和飢餓問題導致人口減少，氏族之間的對立也使馬賽族更加弱化，最後，被白人強迫轉移到南部，土地也紛紛被奪走了。

傑克森所屬的西利亞馬賽族很幸運，居住在幾乎沒有受到白人迫害的地區，因此，傑克森完全不知道曾經令馬賽族蒙受巨大損害的鐵路歷史，和白人胡作非為的殖民地時代的事，他聽得很認真，而且非常驚訝。

列車出發後，二等車以上的乘客可以去餐車用餐。餐車供應西式全餐，桌上放著刀叉。傑克森當然沒有用過這些西式餐具，如果周圍都是外國人，他或許比較不會尷尬，但他似乎會在肯亞人面前畏縮，我看在眼裡，內心感到十分不捨。

他覺得列車之旅很愉快，目不轉睛地看著車外不斷變化的風景。令我納悶的是，即使有人經過，他也不會主動讓路。包廂前的通道只能容納一個人，當傑克森趴在窗前看風景時，會影響別人行走。一般人都會為別人讓路，但在對方說：「對不起，借過一下」之前，傑克森一動也不動，而且，還會露出一副「你為什麼要走過去？」的表情。

我們去飯店餐廳吃自助餐時也一樣，傑克森幾乎不在意其他人，想在哪裡停下，就突然停下腳步。即使站在擋路的位置，他也不會主動讓路。

這或許是生活在熱帶草原上的馬賽族人特有的習性。在廣大的熱帶草原上，根本不需要為別人讓路，也不怕撞到別人。他走在奈洛比街頭時，也經常會撞到別人，停在路上發愣，所以，我能夠瞭解他內心的困惑。

不過，他們在狹小的家裡會相互讓路。這應該是在日常生活中學會的事，身體會自然反應。然而，一到了其他環境，就完全不懂得靈活運用。也許是因為他們的戶外生活中，不需要站在對方的立場思考問題或是預測對方的行動使然。

看到他的行為，我不禁發現其實我們在日常生活中，為各式各樣的事耗費精神。即使從這些微小的行為中，也可以感受到自己和傑克森所處的世界之間的差異。

我決定住在蒙巴薩有游泳池的中等飯店，我擔心傑克森在高級度假飯店會不知所措，無法好好休息。沒想到中等飯店反而令人更不自在。由於是中等的飯店，住宿客都是一些小康的肯亞人團體遊客和白人遊客，姑且不論白人，那些肯亞人肆無忌憚地打量我們。即使傑克森沒有穿傳統服裝，他們也許可以從他獨特的蹦跳走路方式和長相，一眼就看出他是馬賽族人。他們很看不起馬賽族和鄉下人。

為了避開肯亞遊客納悶外國人和馬賽族人的男女到底在幹什麼的好奇目光，第二天，我們乾脆搬去高級飯店。那裡住著白人遊客和肯亞上流社會的人，根本不理會我們的存在。

而且，飯店前面就是一片美麗的海灘，海水清澈無比，反射著陽光，無論去多少次都會感動不已。更何況傑克森以前只看過湖泊，這是第一次看到大海，他對如此大量的水感到驚訝不已。

「這片水一直到哪裡？」

「牛可以喝這些水嗎？」

「水裡有動物嗎？」

「牛不能喝這種水，為什麼魚可以在水裡生活？」

不知道是不是因為太興奮了，他一看到大海，就連珠砲似地問了一大堆問題。其中，最令他驚訝的是不僅外國人，就連肯亞人也在飯店的游泳池裡游泳。馬賽．馬拉的高級小木屋度假村也有游泳池，但都是外國人在游泳。

他看著那些白人游泳，很納悶為什麼他們穿這麼少的衣服泡在冰冷的水裡。他原本以為這是外國人特有的習慣，沒想到在蒙巴薩除了外國人，就連肯亞的遊客和當地人都在游泳。

「即使我告訴長老，他們也不會相信。沒想到肯亞人也會在游泳池裡游泳。」

我催促著困惑不已的傑克森換好泳衣去游泳。他說以前曾經在河裡游過泳，但他說的游泳似乎只是在水裡走路而已。他從來沒有在身體站不直的地方游過泳，一到水深的地方，就陷入了恐慌。於是，我先帶他去游泳池練習。

首先，為了讓他學習漂浮，我要求他把身體交給我，他很順從地聽我的話。一般來說，肯亞男人很討厭聽女人的指揮，也不願意聽從女人的意見，而且很保守，不願意挑戰新的事物。

然而，傑克森雖然感到害怕，卻把身體交給我，努力學習游泳。於是，我再次體會到，越是愚蠢的男人越會逞強，真正強悍的男人並不排斥向女人學習。

之後，傑克森戴上蛙鏡，一下子就學會游泳了。也許，他的恐懼是來自「看不見」。當我們再度來到海邊時，他興奮不已，盡情地享受游泳的樂趣。

中午過後，我們回到房間休息，但他只是坐在床上，絕對不會躺下來。即使我叫他休息，他仍然坐在原地一動也不動，可能還不習慣大白天就躺在床上發懶吧。

他來我位在奈洛比的家裡時也一樣。馬賽族的人即使白天會在戶外東躺西躺，也絕對不會在家裡睡覺，只有晚上才會躺在床上睡覺。這只是他們的習慣。即使我告訴他，「在城市生活，只有在家裡才能放鬆，所以你可以躺下來，沒有關係」，他也在沙發上正襟危坐。所以，晚上就會身體痠痛，一旦睡覺後，不知道是不是因為肌肉痠痛的關係，第二天又起不來，令人匪夷所思。

我躺在他身旁，覺得既然是蜜月，就要好好享受一下浪漫，於是，我開始撫摸他的手臂和肩膀。

自從他拒絕A片後，我對性生活的問題變得十分謹慎。第一次上床後，花了一年九個月的時間，持續告訴他肢體接觸是十分重要的溝通，努力讓他瞭解。

他應該一輩子都不可能在別人面前抱我，我對此也不抱有期待，但最近他已經進步到願意在家裡抱我了，只是還不習慣肢體接觸。為了回應我的期待，他努力和我有肢體接觸，卻不認為那是一件愉快的事。

有一次，他笨拙地伸手觸摸我的下體，我也鼓起勇氣去摸他的胯下，沒想到他立刻往後彈開，之後就「欲振乏力」，讓我覺得很掃興。

對大部分馬賽族男人來說，不可能讓女人撫摸或是看到自己的胯下。我覺得他似乎完全否定了我的行為，之後就不敢隨便碰他。

因此，我在觀察他反應的同時，緩緩地觸摸他的上半身，但他仍然維持剛才的坐姿，完全不正眼看我一眼。我覺得很空虛，好像對著假人在自慰，只能心灰意冷地問他：「要不要再去海邊？」

他回答「好，走吧」，興奮地換上泳衣。我忿忿地看著他，發現他居然勃起了，但看他的樣子，不像是因為覺得大白天不能做愛所以勉強克制，他似乎完全沒有發現自己有了反應，簡直就像是他的腦袋和下半身脫節了。也可能是他的身體有了反應，但他的心還沒有反應吧。我不知道該如何解釋這種狀況，只能安慰自己，至少他的身體已經有了反應。

晚上的情況也差不多。我像白天一樣，在昏暗的燈光下撫摸他，他還是毫無反應。我以為他累了，只好關燈準備睡覺，沒想到他才有了行動。這不免讓我覺得對馬賽族人來說，做愛只是對黑暗的自然反應。總之，他們無法在明亮的環境下做愛。不過，他最近終於適應在蠟燭光下做愛了。

傑克森雖然對肌膚之親不夠積極，卻對白人情侶，還有年輕肯亞女人和年長的白種男人的情侶在飯店游泳池和海灘卿卿我我十分好奇，他會盯著他們看老半天。傑克森應該沒有惡意，只是覺得好奇，但我看在一旁，反而覺得很害羞。

他對年輕肯亞女人和年長的白種男人在一起感到很納悶，他問我：

「為什麼外國人和其他民族的肯亞人指責長老娶年輕女人，為什麼白人就可以？」

馬賽族的一些年齡超過七十歲，屬於比最長老更高一個世代的超長老經常會娶十幾歲的新娘。這並不是因為長老是蘿莉控，而是為了增加子孫而結婚。只要十幾歲的新娘能夠生孩子，即使不是長老的種也沒有問題，但生下來的孩子必須作為長老的兒女。

然而，白種男人和肯亞女人在一起的目的顯然不是為了生兒育女，也不是為了結婚。我告訴傑克森，在肯亞的度假勝地，很多白種男人會包一個妓女，帶著她像戀人般出遊，他們的目的只是做愛，傑克森說他難以置信。

他似乎無法理解卿卿我我的樂趣，也無法理解和長老年紀相仿的男人為了子孫繁衍以外的目的做愛，並樂在其中到底是怎麼一回事。傑克森果然難以理解西方的性文化。

我雖然能夠理解在眾目睽睽之下你儂我儂的西方習慣和老男人帶著年輕女孩出遊的心情，只是自己無意這麼做。在日本社會，男女之間的肢體接觸是理所當然的事，我不希望他認為我是變態、異常，也希望傑克森能夠瞭解，對日本人來說，這是很正常的事。

從這個角度來說，在蒙巴薩經常看到其他情侶，也許可以成為傑克森思考肌膚之親和性愛問題的良好契機。

聽說最近有些醫生基於馬賽族也需要預防愛滋病的想法，也會和他們討論性教育和相關的問題，如果是肯亞人或是馬賽族人對他進行性輔導，也許情況會有所改善。

同時，為了讓他瞭解浪漫是怎麼一回事，我打算除了帶他去看他喜歡的動作片和戰爭片以外，也要帶他去看一些有纏綿的接吻鏡頭的愛情片。

我們夫妻還要面對許多生活的課題。

太乾脆的生死觀

之前，我曾經和傑克森一起去見他的父親，向他報告結婚的事。最近，我公公的身體狀況突然惡化，隨時都可能離開人世。我們在度蜜月時，傑克森的家人不停地打傑克森的手機，通知他公公的近況，所以，公公所剩的日子不多了。

在我們結婚之前，公公住在比較遠的地方，我們舉行婚禮那段期間，他的身體狀況不太理想，於是，就搬回埃內波爾克魯姆村，方便傑克森和其他人照顧。由於他已經出現了認知障礙，說話完全雞同鴨講，我雖然見過他幾次，但從來沒有交談過。

雖然公公的身體每下愈況，但馬賽族人和日本人的生死觀不同，我幫不上什麼忙。我不希望在大家都忙得不可開交時還要費心來照顧我，所以，我始終保持距離。我能夠做的事，就是不要因為我們在度蜜月而挽留他，讓他早一點回部落裡照顧公公。

之後，公公的身體狀況稍微穩定，但我去部落時，他再度陷入危險狀態。公公是舊時代的馬賽族人，討厭女人靠近，甚至不讓我婆婆靠近病榻，所以幾乎都由傑克森一個人負責照顧。

由於我還沒有自己的房子，必須考慮到住宿的問題，也因此讓傑克森為我的事操心。我睡在傳統房子時，必定會全身被跳蚤咬，所以，去村莊時都和傑克森一起去住謝多拉克的現代房子。

他們家距離埃內波爾克魯姆村有一段距離，平時總是有很多親人輪流探望公公，剛好那幾天家裡沒人，村裡的男人也都出門了。因此，傑克森無法把公公一個人留在那裡，和我一起住在謝多拉克家。

由於狀況特殊，那天晚上只能睡傳統房子，結果全身被跳蚤叮得很慘。驅蟲噴霧和殺蟲劑完全無法發揮效果。看到我被咬的慘狀，傑克森陷入了沉思。

「如果房子趕快造好就好了……，今天不知道謝多拉克幾點才會回家，我也不放心把妳一個人留在謝多拉克家。」

很顯然的，我造成了他的困擾。因為我無法獨自在熱帶沙漠中行動，只能在有限的地方睡覺。在這種情況下，我還是離開部落比較好，但我又不希望村民以為我逃走了。

傑克森體貼地對我說：

「誰都不知道妳什麼時候要回奈洛比，所以不用擔心，這裡是妳的村子。況且，明天可能就會有男人回來村裡，那樣我就可以陪妳睡了。」

公公應該很希望傑克森為他送終。他沒有讓傑克森上學，而是讓他走戰士之路，也要求傑克森照顧他。在這種情況下，他因為不放心我一個人行動，陪我一起去謝多拉克家，我會感到愧疚。

「我們以後可以一直在一起，人生很漫長，但公公可能來日不多了，你當然應該陪他。你已經照顧他這麼久，不要因為和我在一起，讓別人覺得你在公公臨終什麼事都沒有做。」

他終於同意我先回去奈洛比。這時，我為自己無法協助傑克森做任何事感到難過，想到自己離開是對他最大的協助，也再度感受到自己的無力。我充分瞭解自己的立場，決定離開。

「馬賽族並不認為送終或是出席葬禮很重要。人生最重要的是活著的時候，一旦死了，就和物體沒什麼兩樣。到時候會舉行葬禮，我會連同妳的份一起做，所以別擔心。」

他簡單向我解釋了馬賽族對死亡的態度。翌日一大清早，很多人都來探望公公，我好像逃跑般地回到奈洛比。

離開村莊，回到奈洛比的那天深夜，年約八十多歲，受到尊敬的超長老公公與世長辭了。翌日葬禮結束後，傑克森才通知我。

接到電話，我忍不住哭了。我可以想像傑克森多麼辛苦，這一個星期來，他幾乎寸步不離地照顧公公，這幾天，也幾乎沒有睡覺。他應該很疲倦，我卻無法幫他的忙，這令我感到十分難過。然而，如果我繼續留在部落，更會因為自己的無能感到悲哀。我只能告訴自己，至少我回到奈洛比沒有在這個時候給傑克森添麻煩。

在他極其疲勞時，我不能安慰他，不能說幾句體恤的話令我感到很遺憾，很懊惱，但也許傑克森並沒有我想像的那麼難過。我從電話中發現，他對公公去世這件事似乎也沒有太多的感傷，只覺得好像終於完成了一項漫長而又艱鉅的工作，令他鬆了一口氣。

傑克森發現我在哭，就對我說：

「長老的人生很辛苦，他死得很安詳，妳不必為他哭泣。」

我不知道自己流淚是為了安慰他的辛苦，還是對他努力到最後一刻感到欣慰，或是為自己無能為力感到懊惱，連我自己都不知道為什麼哭泣。當時，我最想對他說的話就是「你辛苦了。」

事後聽到一件讓我很驚訝的事，以前，馬賽族的人快死的時候，必須在家門外等死。因為人死之後，要花費一筆紅包的費用請專人把死人搬出家裡。

公公死在家裡，由於剛好是半夜，所以一直放在家裡到天亮。日本人認為人死後就成佛了，但馬賽族的人認為人死之後就變成了物體。

死者的身體必須朝向東側躺，全身塗滿牛油。家人、朋友和所有認識的人都要為死者塗上一層牛油。不知道是否直覺特別靈，我回部落時，村裡幾乎沒有什麼人，在公公去世的前一刻，大家紛紛回到村裡。傑克森連同無法出席的我的份，為公公塗了兩層牛油。

塗完油後，再充滿尊敬地用牛皮包住身體。以前，把屍體直接放在草原上，最近不知道是否受西方文化的影響，馬賽族也以土葬為主。

他們沒有固定的墓地，只是在森林裡找一個地方掩埋，也沒有豎立墓碑，所以，埋葬後根本不知道墓在哪裡，馬賽族並沒有掃墓的習慣，並不會造成任何問題。我因為無法參加葬禮，所以即使想要在公公墓前祭拜，他們也無法理解此舉到底有什麼意義。

他們對死亡這麼乾脆的態度，讓我受到不小的衝擊。他們認為人死了，一切就畫上了句點，所以，活著的人不可能一直沉浸在死亡的悲傷中。他們只是接受死亡這個事實，不會陷入感傷，他們在討論死亡時的態度也很淡然。

將牛視為財產的民族，和民族之間經常會偷對方的牛隻。馬賽族人認為，這個世界上所有的牛都是神明為馬賽族所創造的，所以，他們認為偷其他民族的牛是正當行為，他們只是拿回屬於他們的東西。傑克森告訴我，他在戰士活動中，經常會去偷牛。

在我們舉行婚禮前不久，他們曾經和住在西鄰的克里亞族為牛的事發生了糾紛，那次的事差點讓傑克森送了命，但他提起這件事時，只是輕描淡寫地說：「之前發生了這樣的事。」

事情的起因在於滿月的夜晚。克里亞族去埃內波爾克魯姆村附近的馬賽村偷了很多牛。傑克森他們發現牛被偷了，深夜一點時，五十名壯漢拿著弓箭和長矛，去追克里亞族人。他們用一個小時跑完了開車需要一個半小時的路程，當時的景象應該很可怕。聽說黎明時分，載著觀光客的狩獵車看到他們回村的身影，知道出了大事，疾速逃走了，不難猜到當時的情勢多麼緊張。

克里亞族很現代化，擁有槍枝，傑克森等馬賽族人只有塗上劇毒的長矛和弓箭，無論怎麼看，情勢都對他們很不利，但他們沒有絲毫的畏懼。當時，他們沒有發現克里亞族人，也沒有看到牛隻，於是就打道回府了，有時候也會交戰。聽說不久之前，他們才殺死三個克里亞人。

在二十一世紀還有這種戰鬥，這件事已經夠令我驚訝了，但馬賽族的人隨時可能面臨死亡這件事更令我深受打擊。

「你為什麼要去參加那種戰鬥？我們快要舉行婚禮了，萬一你死了怎麼辦？你不害怕嗎？」晚上七點左右，他回到村子後打電話給我，我忍不住在電話裡大叫，沒想到他回答說：

「即使去戰鬥的前線，我也沒想到死這件事，也不覺得死有什麼好怕的。」似乎反而對我「為什麼這麼害怕死亡」感到不解。

在低級青年期的戰士活動中，他們搏命殺死獅子，保護家畜，和其他民族奮戰，經常面對戰友的死亡。死亡就是死亡，並沒有特殊的意義。死亡不會帶來任何東西，只是單純的事實而已。他們對死亡的看法很現實，也是經常面對死亡的馬賽族特有的觀點。

我在面對傑克森或成為家人的村民的死亡時，到底能不能保持冷靜。這將成為一個困難的課題。

身為導遊，身為妻子

即使成為馬賽族的媳婦，我仍然要繼續工作——工作是我生命的意義，這是我絕對無法讓步的結婚條件。雖然對傑克森感到抱歉，但我最愛的還是我的工作。比起「馬賽族的媳婦」，我更希望

「導遊永松真紀」受到矚目，受到肯定。如果要用工作來交換，我絕對不會成為馬賽族的媳婦。最近，指名要求我當導遊的客人和每年都會參加學習之旅的回頭客逐漸增加。傑克森和村民都很理解我的工作，也很溫暖地守護我在奈洛比和部落之間往返。不僅如此，他們還為我企畫的學習之旅提供了大力協助。

不光是因為我嫁給馬賽族人的關係，其實在參觀威諾德儀式後，我的工作和內容有了極大的改變，我比以前更致力介紹馬賽族。在此之前，來馬賽．馬拉的客人可以自費參加馬賽村的行程，但遊客都忙著拍照，根本沒有人聽我的說明。

以前，我認為這樣也無妨，但參觀威諾德後，在造訪馬賽村之前，我一定會安排三十分鐘介紹馬賽族的情況。

我會特別告訴遊客，肯亞政府設立了國家公園和國家保護區，限制馬賽族的土地，使有些馬賽族人無法盡情地畜牧，不得不從畜牧業改為觀光業維持生計，加深遊客對觀光馬賽族的理解。然後再簡單介紹馬賽族的起源、居住範圍、生活習慣、文化和目前的狀況，使遊客對馬賽族有一定程度的瞭解，他們對馬賽族的看法一定會有所改變。

其實，當初在參觀威諾德結束後，回程的路上偶然聽到在機場遇到的日本觀光客的一番話，我才決定這麼做。那時候，有幸參加威諾德的興奮還沒有平靜，於是，就在他們的發問下，把當時的情況告訴他們，他們聽後十分驚訝。

「戰士？戰士是什麼？我們在部落時根本沒有聽到這些，我還以為馬賽族的人都是觀光馬賽族。」

他們自費參加了前往馬賽村的行程，但那裡儼然就是一個觀光村，而且，他們對馬賽村的感覺是「和電視上一樣」、「有很多蒼蠅，環境很髒亂」，根本沒有留下好印象。

很多旅行團都是由司機把觀光客帶到馬賽村，由會說英語的當地馬賽族青年介紹當地的情況。日本遊客幾乎沒有人聽這種英文介紹，一味忙著攝影留念。

付了二十美元（約兩千五百圓）的入場費，只拍幾張照未免太可惜了。而且，如果把對馬賽族不好的印象帶回日本，更會破壞對馬賽族的形象。

必須將擁有像威諾德這麼美好文化的馬賽族也介紹給日本人，我深刻感受到這種必要性，之後，我開始致力讓遊客瞭解真正的馬賽族。

二〇〇二年後，我和千晶小姐一起策劃學習之旅。如今，學習之旅的次數逐漸增加，內容也比以前更充實。最近，除了在熱帶草原參觀大自然和動物以外，還增加了瞭解馬賽族生活的體驗之旅，和造訪貧民窟，瞭解肯亞內幕等內容，還企畫了藉由在當地和馬賽族人的交流，重新發現日本人即將遺忘的對傳統文化的尊重和互助精神的行程。

在傑克森和村民的協助下，我還設計了在村莊周圍散步和殺山羊煮「娘瑪巧瑪」，射長矛等進一步瞭解馬賽族的節目。

基本上，除了我和充分瞭解埃內波爾克魯姆村，並帶著深厚感情和村民接觸的千晶小姐帶團以外，我不會安排造訪埃內波爾克魯姆村的行程。因為這個部落很純樸，在我嫁來之前，不要說外國人，甚至從來沒有肯亞人的觀光客造訪過，正因為這個原因，我才希望由充分瞭解他們也很尊敬他們的我或是千晶小姐作為媒介，恭敬地介紹馬賽族的生活和文化。

每次造訪埃內波爾克魯姆村的學習之旅行程都受到好評，二〇〇六年九月，針對學生推出了由千晶小姐帶團在村莊內住四天的行程，其中有一天可以充分體驗馬賽族的生活。雖然不是我帶團的行程，但我和傑克森充分討論，做好了事前的準備工作。這是第一次讓客人住在部落，所以安全問題、飲食的安排、水的準備，以及村民提供的協助事項等，都需要事先做好綿密的安排。我和傑克森在很久之前，就討論了很多事。

那段時間，我剛好要帶回頭客去馬賽．馬拉參觀牛羚渡河，會住在小木屋度假村，其中一天會去埃內波爾克魯姆村參觀，在附近散步，吃「娘瑪巧瑪」，體驗馬賽族生活。

沒想到前一天我閃到了腰，無法帶那個團。我熱愛工作，很期待帶這些回頭客參觀埃內波爾克魯姆村，所以，心裡特別難過。然而，我完全無法動彈，無奈之下，只能安排回頭客團拜訪村莊的行程，和學習之旅在村莊體驗生活的日子同一天，全部由千晶小姐負責。我也向傑克森解釋了這個團的目的，請他好好款待我的客人。

傑克森對身為他那個世代的頭目的自覺性很強，也很懂得照顧他人，我相信他一定可以勝任這份工作，讓那些回頭客和學生滿意而歸。但畢竟這是我第一次把所有的工作都交由他負責，內心還是或多或少感到不安。

我在家裡等待這趟行程的結果，千晶小姐打電話告訴我，一切都很順利。她在電話中告訴我，那些回頭客在村莊度過一天後都非常感動。這次的旅行獲得極大的成功，千晶小姐的導遊工作當然功不可沒，但我可以感受傑克森和村民們盛情款待我的客人和那些學生。

參加學習之旅的學生回到奈洛比後，我受邀參加他們的晚餐會，他們異口同聲地告訴我，這次的行程多愉快。最令人驚訝的是，所有女學生都愛上了傑克森，甚至有女孩子雙眼含著淚，激動不已。

大家這麼喜歡我的丈夫，是身為妻子的我最大的榮幸，也為這樣的丈夫感到驕傲。如果換成前夫彼得，我可能會懷疑「很可疑，他們之間是不是發生了什麼？」但對傑克森完全不會有這樣的不安。

到底是什麼讓這些學生如此感動？他們說，馬賽族如此充滿自信，沒有任何不安的生活態度讓他們很受感動，難以忘懷。

聽說他們每天晚上都圍在篝火旁，向傑克森發問一大堆問題。一開始都是有關馬賽族的疑問。

「對馬賽族來說，死亡是什麼？」

「結束。什麼都沒有了。」

「至今為止，你遇到最難過的事是什麼？」

「在威諾德時，挑選出來的戰士被剃頭髮時。看到那一幕，我渾身發抖，淚流不止。漂亮的長髮是戰士活動的象徵，也是我們的生命。」

他對所有的問題都不加思索地回答。

之後，開始討論有關人生的問題。

「你會不會感到不安？」

「只有對下雨的事感到不安。只要能夠下雨，牛就很健康，人也不會生病，可以活得很健康。」

「你對人生不會感到徬徨嗎？感到徬徨的時候會怎麼做？」

「我對人生沒有徬徨，如果遇到不懂的事，可以找長老商量。長老知道正確的知識，所以，我沒有任何徬徨，也沒有不安。」

傑克森信心十足地回答，令學生們感動不已，甚至有人哭了起來。

「我們沒有可以商量的長老，真羨慕馬賽族的人。」

從學生的這番話中，可以瞭解年輕人生活在價值觀多樣化社會中的苦惱，也許他們覺得充滿自信的傑克森是堅強不屈的勇士。

最後一天是參觀熱帶草原，中途的時候，所有學生都說：「不想看這些動物了，好想回村莊」，於是，大家都提前回村莊。

這些學生參加的是住在一個沒有淋浴也沒有廁所的地方體驗馬賽族的生活，和村民進行交流這種罕見的行程，他們認為最有收穫的就是和傑克森之間的對話。

傑克森很有耐心地陪那些想和他聊天的學生，他應該完全沒想到要啟發日本的年輕人，或是為他們帶來感動。

當我問他：「你為什麼這麼賣力？」時，他回答說：「這是為妳而做的。」也許，他在意的只是「好好款待太太的客人」，但我從他的話中可以感受到他在無意識中「希望這些學生可以有所感受，可以從中學到東西」。

或許是因為我拜託他照顧這些客人，所以他才會這麼賣力，無論如何，從結果來說，這是一次令人滿意的旅程。雖然我不在場，卻有和傑克森共同完成某一件事的成就感，也覺得我們夫妻同心。

在此之前，即使他在身旁，即使和他結了婚，我都覺得他離我很遙遠。每次瞭解馬賽族的生活，聽他說戰士的事，我就對我們生活在完全不同的世界，價值觀也不相同感到寂寞不已。

因此，這種夫妻同心的感覺令我感到欣慰，這也是我第一次感到我們的心在一起。

幾天之後，傑克森來奈洛比探視我，我再次為旅行團的事向他道謝，他反而感謝我說：「我真的很高興，謝謝妳。」

我忍不住把第一次感到我們心心相印這件事告訴他，我的話還沒有說完，他就說：「是不是覺得我們的心終於在一起了？」原來，他也有相同的感受。那時候，我才終於確信，這種「心心相印」的感覺不是我的一廂情願。

原本是為了馬賽族，為了村莊所企畫的學習之旅，沒想到最後不是我支持傑克森和村莊，他和部落給了我更多支持。這是我喜歡的工作，也因此認識了傑克森，讓我更喜歡這份工作，我深刻體會到，只有在他們的協助下，我才能將工作做得更好。

對我來說，工作是最重要的事，對傑克森和村民來說，最重要的是家畜和家人——雖然我們的價值觀完全不同，但傑克森充分瞭解我心目中重要的事，也尊重、重視我的工作。

我回想起婚禮時，嫂嫂貝洛尼嘉曾經對我說：「對馬賽族來說，最重要的就是尊重長輩、有道德觀和尊重馬賽族的傳統文化，即使無法實踐馬賽族所有的文化，也要充滿尊敬。」同樣的，他們也懂得「尊重對方的傳統文化和生活方式」，「即使無法實踐也要充滿尊敬，加以重視」。

我們不僅是夫妻，更是可以攜手合作的夥伴。最近，我覺得我們是因此相遇。如此一來，就覺得之前難以相信的發展和走進婚姻的原因都似乎有了合理的解釋。

對我來說，工作仍然是我的最愛，但現在覺得傑克森和工作一樣重要。

我能為馬賽族人所做的事

如今，我每天都在思考，既然我已經如此深入馬賽族的社會，我到底能夠為他們做什麼？

馬賽族人居住的地區稱為馬賽生活區，從肯亞南部一直到坦尚尼亞北部，範圍十分大。近年來，肯亞和坦尚尼亞都越來越現代化，有很多觀光客前往觀光，因此，政府指定眾多野生動物棲息的地區為國家公園和國家保護區，禁止馬賽族繼續在那裡放牧。

因此，許多馬賽族土地受到限制，不得不搬離原來的居住場所，無法隨心所欲地放牧。他們只能開始農耕，或是成為接受觀光客的觀光馬賽族。

以前，肯亞一度想修正憲法，在修正案中，提出要針對沒有靈活運用的土地課稅。對馬賽族來說，那些土地用於放牧，完全得到充分的運用，但政府卻不承認。一旦要徵收稅金，幾乎沒有現金收入的馬賽族只能出售家畜，最終無法靠放牧為生。

從另一個角度來看，可以認為肯亞政府修正憲法的目的在於向馬賽族搶奪土地，幸好當初因為反對派居多，無法推動修憲，但馬賽族身處的狀況顯然日益嚴峻。二〇〇七年將舉行總統大選，不難預料，將再度搬出修正憲法的議題。

由於乾旱越來越嚴重，家畜數量逐漸減少。因此，娶多位妻子的馬賽族男人越來越少，他們視小孩子為寶，但小孩子越多，生活也就越艱苦。如今，馬賽族兒童必須接受義務教育，無法參加戰士活動也成為很大的問題。

宗教方面的影響也不少。馬賽族的宗教是相信自古以來生活在自然界獨一無二的神，也就是名為非洲風土教的民族宗教，但如今白人傳道士積極向馬賽族的人宣傳基督教。

他們除了佈道以外，還興建學校、挖井，派遣醫生發放免費藥物，展開對村民有幫助的慈善事業，累積了不少信徒。村民很歡迎他們的行為，但如果因此建立了不同的價值觀，就會喪失傳統文化，因此，對村民來說，心境的確很複雜。

事實上，基督教徒認為馬賽族的戰士活動是野蠻的行為，指導他們要重視教育。因此，都市附近的馬賽村已經接二連三地中止了威諾德和其他的儀式，對尊重傳統文化的馬賽族來說，實在是一件令人不安的事。

當然，也有像謝多拉克一樣，雖然成為基督教徒，但在重視傳統的同時，吸收西洋文化優點的馬賽族人，只不過這種情況少之又少。

馬賽族曾經在過去接受過各式各樣的考驗，不得不改變生活加以因應。隨著現代化的進一步發展，他們將面對比以前更大的變化。

其他地區的馬賽族正面臨急劇變化，幸好埃內波爾克魯姆村的變化並不顯著，可以逐漸加以因應。再加上埃內波爾克魯姆村的土地非常肥沃，使他們可以奇蹟似地光靠畜牧就可以生活。

管理馬賽．馬拉國家保護區的納羅克縣和托朗斯．馬拉縣，很早就開始實施將一部分保護區的入園費或是小木屋度假村的住宿費回饋給馬賽族居民的政策。具體的方法是負擔村裡兒童的學費，或是提供運送病人的車子等政策，對他們而言，也是一件幸運的事。

最近，國外的NGO開始指導馬賽族人養蜂技術，或是為了保護野生動物，和馬賽族戰士一起巡邏取締私獵動物，並推動當馬賽族的家畜遭到獅子和大象攻擊時加以補償的制度。

這個和平的村莊也正面臨著巨大的變化。

在未來的五年到十年內，肯亞政府計畫在附近建造大型高速公路。這項計畫是由肯亞、烏干達、坦尚尼亞等東非國家共同推動的「泛非洲高速公路構想」，從奈洛比經過馬賽・馬拉國家保護區旁，延伸到維多利亞湖沿岸的基斯姆，進而通往烏干達。

這條高速公路一旦開通，之前從奈洛比到馬賽・馬拉要花費六小時的車程將縮短為四個半小時，還可以延伸到維多利亞湖，肯亞觀光業界十分期待這項計畫的完成。

村民們也很高興高速公路開通後，附近會有醫院、學校和商店，但我認為有利必有弊。

首先，一旦高速公路開通，這裡的生態就會發生變化。高速公路將穿越野生動物棲息的土地，動物一定會逃之夭夭。雖然那些司機聲稱，動物會逃進保護區，所以不會有問題，但動物的行為未必會如人願。

而且，一旦道路形成，就會有貨車聚集，如果因此形成市集，物流會發生改變，也會有許多其他民族的人進入這個地區，疾病也會入侵。一旦居住人口增加，垃圾和廢水也會增加。

不難想像，廣大的牧草地將變成農耕地。一旦牧草地消失，就無法放牧，必須放棄飼養家畜。在這樣的環境下維持馬賽族傳統生活幾乎是不可能的事，只要觀察目前其他地區的馬賽族，就可以清楚瞭解這一點。然而，村民們還沒有發現問題的嚴重性，認為有百益而無一害。

當初聽到這個計畫時，我受到很大的打擊。埃內波爾克魯姆村將面臨之前我視之為事不關己的問題。我很想加以阻止，但這是之前就已經決定的道路擴建、開發計畫，而且，道路歸政府所有，根本無法反對。

嫂嫂貝洛尼嘉也瞭解到高速公路帶來的嚴重影響，但她很冷靜地認為，這已經是無法改變的事實了。

「我們必須面臨生活的變化，只有既瞭解現代社會，也瞭解傳統文化的妳我，才能在新的時代潮流中展開教育，將馬賽族的傳統和尊嚴傳承下去。」

她的這番話十分沉重，我也切實感受到自己今後將肩負起很大的責任。

這既不是開發，也不是全盤拒絕現代文明的教育，而是協助馬賽族人保留古老而優秀的事物，協助他們在不斷開發的時代中，不受到傷害，帶著驕傲活下去。

從在威諾德遇見傑克森到我們的重逢，以及之後無人能擋的發展都是命運的安排，我在這個時代成為馬賽族的媳婦，一定有著重大的意義。

我不知道自己有多少能力，只能盡力而為。我不認為自己可以完成什麼壯舉，但會身為馬賽族的一分子，和傑克森、謝多拉克和貝洛尼嘉一起負起應有的責任，這就是我的使命。

後記

一九八九年初次造訪肯亞後，對我來說，如同拉開了一段激動日子的序幕，最後，我成為馬賽族的媳婦，傑克森的二太太。

最近我回日本時，除了導遊工作以外，也經常受邀演講。演講時，我努力向大家傳達我在至今為止的經驗中所看到的真正的馬賽族和真正的肯亞。在導遊工作時也一樣，我會藉由帶團旅行，加深觀光客對非洲和馬賽族的瞭解，也具體介紹他們的生活和文化，如果遊客可以從中找到建設未來日本的靈感，將令我感到無比榮幸。

我對未來的希望，就是世界和平，沒有戰爭。每次在演講最後，我都會說出這個最大的夢想，不光是馬賽族和肯亞人，只要致力瞭解各個民族和國家，近距離地加以感受，任何人都可以瞭解那個民族和那個國家的人的喜悅和痛苦。

當談到陌生的國度時，總是缺乏真實感，但只要透過電視和報章雜誌瞭解相關知識，就可以拉近彼此的距離。如果可以親自走訪，或是透過演講瞭解別人的相關經驗，就會對那個國家產生親近感。

只要瞭解各個不同國家的生活、價值觀、生活方式和對幸福的定義不同，就不會發生戰爭。世界上有各式各樣的人，過著各不相同的生活，有各種不同的價值觀。馬賽人有他們的生活方式，肯亞人也有他們的生活方式，同樣是日本人，也有像我這種人選擇這樣的生活方式。因此，世界上有各種不同的人生。

日本的資訊氾濫，但很多資訊十分偏頗，往往無法瞭解真相。如果可以透過我，讓世界離你我更近，將是我最大的幸福。我相信，這就是對世界和平盡了綿薄之力。

埃內波爾克魯姆村之前從來不曾有過部落外的人造訪，在我嫁入之後，接待了學習之旅的觀光客，以及來採訪我和傑克森結婚的記者等各式各樣的人。當然，這些人都由我負責安排，盡可能避免造成村民的困擾，他們也認為這種狀況「可以讓更多人瞭解我們的傳統，是一件美好的事」，所以提供了大力協助。

除了和外界有接觸的傑克森以外，幾乎不曾踏出村外一步的大太太安歌依也笑容滿面地迎接造訪村莊的客人。許多客人都對她讚不絕口。我為此感到十分高興，覺得好像是自己的親人受到了稱讚。

我把這件事告訴傑克森，他也很高興。他說，對擁有兩個太太的丈夫來說，大太太和二太太能夠相互理解，相互協助，和睦相處是最完美的。

「沒有紛爭，充滿愛的人生。」

有一天，我問傑克森，他認為怎樣的人生才幸福時，他不加思索地這麼回答。妻子之間沒有紛爭，相互尊敬，敬愛丈夫的家庭的確充滿了愛。

當我覺得自己無法為村莊做任何事，為自己的無力沮喪時，傑克森和安歌依說：

「妳只要盡力而為就好，做不到的事，我們可以相互幫助，因為我們是一家人。」

他們的話令我感動不已。

這或許是馬賽族一夫多妻制的理想形式。我很慶幸自己成為馬賽族人的二太太，我切身感受到充滿愛的一夫多妻制原來這麼幸福。

我在企畫學習之旅時發現，傑克森工作很賣力。當觀光客來到村莊時，他會帶領村民勤快地款待大家。收到旅行團的謝禮時，除了分給男村民以外，還會分給女村民。一般的馬賽族男人絕對不會有這種想法。

馬賽族只有男人和外界接觸，基本上是男人決定一切的父系社會。村莊的整體利益通常都只分給男人，幾乎不會分配給女人。然而，傑克森沒有男女差別，平均分給每一位村民。就連不同民族的肯亞人也對這件事感到十分驚訝。

為什麼他和其他馬賽族男人不同？難道因為他是世代頭目，所以對此有強烈的自覺嗎？還是基督教徒的兄長謝多拉克教他的？雖然我不瞭解詳情，但也可以從中一窺他高尚的人格。

當初我愛上傑克森，是因為他是真正的馬賽族。我們在還沒有充分瞭解對方的情況下就決定結婚，但我很慶幸和他結婚。越是瞭解他，我越愛他的人品。

結婚前，我還擔心威諾德的美讓我過度美化了他，有時候，愛慕越強烈，一旦冷靜下來後，往往會發現「原來他這麼平凡」，我一直擔心有一天，我會對他感到失望。然而，這顯然是杞人憂天，我永遠不會感到失望。這真的是令人欣喜的失算。

結婚後，傑克森從來不會用馬賽族的價值觀約束我，我很感謝他，也很希望可以做些什麼事讓他感到高興。

我能夠為傑克森所做的事──也許就是為他生兒育女。他和年齡約莫二十六歲的大太太安歌依已經生了三個孩子，他說也希望和我生三個孩子。我即將邁入四十大關，如果想生孩子，當然越早越好。

對我來說，工作是生命的意義，生孩子需要很大的勇氣。我很害怕懷孕、分娩和育兒會對工作產生影響。

我嫁給了馬賽族人，一旦生下孩子，可以請村裡的女人幫我照顧，但在懷孕期間，還是無法繼續需要到處奔波的導遊工作，餵奶期間應該也無法工作吧。從漫長的人生來看，只是其中的一、兩年而已，可是，對我來說，很難想像這段期間我無法工作。

在肯亞，生孩子可以讓女人贏得尊敬，只有成為母親，女人才真正獨立。生活在這樣的社會，我也必須考慮下一步了。

在日本，通常會稱女人為「○○的太太」，但在肯亞，即使在成年人的社會，也都稱女人為「○○的媽媽」。這是視孩子為寶，視多生孩子為頭等大事的肯亞特有的習慣。

一旦成為母親，或許可以看到肯亞的其他方面。我想體會有助於提升女人價值的分娩，而且，既然傑克森希望我幫他生孩子，我至少應該生一個。

然而，我至今無法踏出那一步。從這個角度來說，我正面臨人生巨大的轉捩點。雖然還無法想像我將成為馬賽族人的媽媽，但這是我想要實現的夢想之一。

我的另一個夢想，就是再度經營之前半途而廢的小型叫客巴士瑪塔多。我在深受馬賽族傳統社會吸引的同時，也覺得堅韌不拔的都市文化魅力十足。雖然和馬賽族的世界完全不同，但生活在社會低層的他們充滿活力，相互欺騙、相互扯後腿，努力不服輸的向上爬，總是為我帶來很大的刺激。從這個角度來看，成為都市文化象徵的瑪塔多世界是值得保護的文化。

我之前經營瑪塔多時，在肯亞政府的施壓下，受到了許多限制，但在二〇〇二年開始採取登記制，只有獲得許可的司機和瑪坎格才可以經營。之前都是由許多司機和瑪坎格相互協助，用輪班制的方式經營，因此，新規定導致很多人失業，也成為一個很大的社會問題。

二〇〇四年，又實施了新的瑪塔多條例。車體上必須畫上黃色的線，所有乘客都必須繫安全帶，司機和瑪坎格必須穿制服。對那些帥氣的曼扭車，穿著時尚服裝的瑪坎格來說，這項條例簡直是極大的屈辱。

然而，肯亞人對瑪塔多十分執著，這項規定也有日漸趨緩的傾向。小型瑪塔多會造成交通堵塞，所以規定比較嚴格，但可以容納大量乘客的大型瑪塔多則受到獎勵，即使車體上不畫黃線也沒有問題。因此，街上的花稍「曼扭車」也越來越多。

我現在對瑪塔多相關人士已經沒有太大的興趣，但坐在奔馳在筆直街道的瑪塔多上吹風的感覺實在妙不可言，甚至會覺得死而無憾了。我曾經在瑪塔多的世界吃過悶虧，無意再把整個生活都投入其中，但如果有朝一日有錢有閒，我希望可以再度經營我的夢想——瑪塔多。

馬賽族的傳統文化和奈洛比的都市文化——兩者都是我熱愛的文化。如今，即使已經成為馬賽族的媳婦，我仍將用自己的方式生活在傳統社會和現代社會。這是永松真紀的夢想。

在此，要感謝給我帶來很大影響，無論在工作和私生活上都是良師益友的「肯亞的母親」早川千晶小姐，充分理解馬賽族，活力十足地成為日本和肯亞之間橋樑的「肯亞的父親」神戶俊平醫生勸我參觀威諾德到最後，積極支持我和傑克森交往的攝影師北川孝次先生，把我的故事寫成書的撰稿人岡崎優子小姐，以及接受來自完全不同世界的我，不斷支持我的埃內波爾克魯姆村的村民……。想要寫下曾經照顧我的人，真的都寫不完，謹在此表達由衷的感謝。

最後是我的最佳伴侶，也是我的丈夫傑克森。很感謝有緣遇到他，感謝他教我很多事，也希望以後我們可以攜手並進。

二〇〇六年十一月

永松真紀

國家圖書館出版品預行編目資料

我的老公是非洲戰士／永松眞紀著；王蘊潔譯.——
初版——臺北市：大田，民98.12
面；公分.——（美麗田；115）

ISBN 978-986-179-151-7（平裝）

861.57 98019074

美麗田 115

我的老公是非洲戰士

作者：永松眞紀
譯者：王蘊潔

發行人：吳怡芬
出版者：大田出版有限公司
台北市106羅斯福路二段95號4樓之3
E-mail:titan3@ms22.hinet.net
http://www.titan3.com.tw
編輯部專線（02）23696315
傳眞（02）23691275
【如果您對本書或本出版公司有任何意見，歡迎來電】
行政院新聞局版台業字第397號
法律顧問：甘龍強律師

總編輯：莊培園
主編：蔡鳳儀　編輯：蔡曉玲
行銷企劃：蔡雨蓁　網路企劃：陳詩韻
校對：陳佩伶／蘇淑惠
承製：知己圖書股份有限公司・(04)23581803
初版：2009年（民98）十二月三十日
定價：新台幣 230 元

總經銷：知己圖書股份有限公司
（台北公司）台北市106羅斯福路二段95號4樓之3
電話：(02)23672044・23672047・傳眞：(02)23635741
郵政劃撥：15060393
（台中公司）台中市407工業30路1號
電話：(04)23595819・傳眞：(04)23595493

國際書碼：ISBN 978-986-179-151-7 /CIP:861.57 / 98019074
Printed in Taiwan

廣　告　回　郵
北區郵政管理局登記證北台字1764號
免　貼　郵　票

To：大田出版有限公司　編輯部收

地址：台北市 106 羅斯福路二段 95 號 4 樓之 3

電話：(02) 23696315-6　傳真：(02) 23691275

E-mail：titan3@ms22.hinet.net

From：地址：

姓名：

＊請沿虛線剪下，對摺裝訂寄回，謝謝！

大田精美小禮物等著你！

只要在回函卡背面留下正確的姓名、E-mail和聯絡地址，
並寄回大田出版社，
你有機會得到大田精美的小禮物！
得獎名單每雙月10日，
將公布於大田出版「編輯病」部落格，
請密切注意！

大田編輯病部落格：http://titan3.pixnet.net/blog/

智　慧　與　美　麗　的　許　諾　之　地

閱讀是享樂的原貌，閱讀是隨時隨地可以展開的精神冒險。

因爲你發現了這本書，所以你閱讀了。我們相信你，肯定有許多想法、感受！

讀 者 回 函

你可能是各種年齡、各種職業、各種學校、各種收入的代表，

這些社會身分雖然不重要，但是，我們希望在下一本書中也能找到你。

名字／__________ 性別 ／□女 □男 出生／ ____ 年 ____ 月 ____ 日

教育程度／__________

職業：□ 學生 □ 教師 □ 內勤職員 □ 家庭主婦

□ SOHO族 □ 企業主管 □ 服務業 □ 製造業

□ 醫藥護理 □ 軍警 □ 資訊業 □ 銷售業務

□ 其他 __________

E-mail/ __________ 電話/ __________

聯絡地址: __________

你如何發現這本書的？ 書名：我的老公是非洲戰士

□書店閒逛時______書店 □不小心在網路書站看到（哪一家網路書店？）______

□朋友的男朋友（女朋友）灑狗血推薦 □大田電子報或網站

□部落格版主推薦 __________

□其他各種可能 ，是編輯沒想到的 __________

你或許常常愛上新的咖啡廣告、新的偶像明星、新的衣服、新的香水……

但是，你怎麼愛上一本新書的？

□我覺得還滿便宜的啦！ □我被內容感動 □我對本書作者的作品有蒐集癖

□我最喜歡有贈品的書 □老實講「貴出版社」的整體包裝還滿合我意的 □以上皆非

□可能還有其他說法，請告訴我們你的說法

____

你一定有不同凡響的閱讀嗜好，請告訴我們：

□ 哲學 □ 心理學 □ 宗教 □ 自然生態 □ 流行趨勢 □ 醫療保健

□ 財經企管 □ 史地 □ 傳記 □ 文學 □ 散文 □ 原住民

□ 小說 □ 親子叢書 □ 休閒旅遊 □ 其他__________

一切的對談，都希望能夠彼此了解，

非常希望你願意將任何意見告訴我們：

大田出版有限公司編輯部 感謝您！

＊請沿虛線剪下，對摺裝訂寄回，謝謝！